五木寛之
Hiroyuki Itsuki

こころの散歩

新潮社

昼と夜のあいだに——まえがきに代えて

　これまでずいぶん沢山の雑文を書いてきた。エッセイなどとキザな言い方はできない代物《しろもの》だ。日々の暮らしの中で、息を吐くように書き散らしてきた文章ばかりである。

　私が作家としての仕事を始めたのは、三十代にはいってからのことだった。しかし高校生のころ新聞部にいたせいで、早くから稚拙な文章を活字にする機会が何度かあった。

　大学時代には青くさい評論めいた雑文を書き、社会に出てからは仕事として書いた。文章を書くことを生業《なりわい》として暮すようになったのである。やがて小説を書くようになってからも、エッセイめいた雑文を書くことはずっと続けてきた。今もそうだ。

　どうしてそれほど雑文にこだわるのかといえば、答えは単純だ。私はエッセイとか、随筆とか、雑文と称されるたぐいの文章が大好きだから、としか答えようがない。

子供の頃、父の本棚からは寺田寅彦や中谷宇吉郎などの本を引っぱりだして読んだ。母親の蔵書からは、『もめん随筆』や『小島の春』などをわからぬなりに読み、父親からは「本なんか読んでたら立派な軍人にはなれんぞ」と叱られたものだった。

エッセイが俳句なら、雑文は川柳といった趣《おもむ》きもある。五十年も前に私が出した最初の雑文集は『風に吹かれて』という題だった。ボブ・ディランの歌詞に共鳴してのタイトルである。雑文は時代の風に吹かれて、散り散りに飛んでいってしまうところに命がある。そう思っていたので、彼の歌声にとても共鳴するところがあったのだ。

その頃から今日まで、ずっと雑文を書き続けてきた。ある大衆的な夕刊紙に毎日、連載しているコラムは、今年で四十六年目になる。ここに一冊にまとめた文章も、おおむね「週刊新潮」に書き続けたものの中から選んだものである。

新型コロナの世界的流行は、私個人の生活にも大きな変化をもたらした。これまで五十年以上も夜型人間として深夜に生きてきた私が、なんと突然、昼型人間に変貌してしまったのだ。私は長いあいだ日が昇ると同時に眠りにつき、日が沈んだあとに目覚める生活を続けてきた。

「人間は朝日を浴びる必要がある」と私に力説する友人の医師に、
「毎日、朝日を浴びてから寝るようにしてるから大丈夫」
などと反論して呆れさせたこともあった。原稿は夜中に書き、深夜に食事をし、明けがた風呂にはいって寝る。そういう規則正しい生活を半世紀以上も続けてきたのである。

それが新型コロナの蔓延《まんえん》が騒がれるようになった頃から、突然、思いがけない変化がおきた。去年の暮ごろから、どういうわけか夜の十一時過ぎになると自然にあくびがでるようになったのである。ある日、ちょっと仮眠するつもりで横になったら、そのまま眠りこんでしまって、目を覚したら朝だった。

その日以来、ずっとそんな思いがけない日が続き、いまもなお続いている。この先どんな生活が待っているのか、まったく見当がつかない。明かるい日光のさしこむ机の上で、いまもこの文章を書いている。

こころの散歩

目次

第1章

夜に口笛を吹く

第2章

ノスタルジーの力

第3章

こころの深呼吸

こころの散歩

第1章　夜に口笛を吹く

もみ手三年茶器八年

寒い。

部屋の暖房をつけるとポカポカ暖か過ぎるし、重ね着をすると暑苦しい。体感温度の調節というのは、なかなか微妙なものである。

どちらかといえば、物を考えるには寒いほうがいいような気がする。古来、哲学者の大物は北国出身の人が多かったのではあるまいか。

寒さにもいろいろある。体がガタガタ震えそうな寒さもあれば、しんしんと冴えわたる寒気もある。カラッと激烈な寒さもあれば、意地の悪い底冷えなどというのもある。

私がこれまでで一番きついなあ、と思ったのは奈良の大和の里の寒さだった。

むかし休筆と称して、何年か勝手に仕事を怠けていた時期がある。その頃、斑鳩《いかるが》の法隆寺の近くの誓興寺という真宗の寺によく通ったものだった。窓から中宮寺の屋根の見えるさびさびとした寺である。

寺というのは風通しがよくて、あまり暖房などには気をつかわない。福井の永平寺も寒かったし、福岡の梅林寺も寒かった。禅宗の寺はなんとなく寒い印象がある。しかし、その寒さは、激烈というか凛然《りんぜん》というか、一種、爽快な寒さである。

それに対して真宗の寺は、芯から冷えてくる底冷えのする寒さだ。自力を放棄した他力の厳しさとでもいおうか。底冷えのする寒さのなかで念仏していると自然に体が温まってくる、というわけにはいかない。

あるとき、その寺におみえになったお客様のなかに、紀州からやってこられた茶人がいらした。初老、とまではいかないが、かなりお年を召したご婦人である。

挙止動作、表情から話しかたまでおのずと気品にみちて、ほれぼれする優雅さである。ものは試しと、即席でお茶の指導をお願いした。なにか一つだけでも伝授していただけたら、なにかの折りに心強いではないか。

「三十分でお願いします」

「三十年のまちがいでは」

と、そのご婦人はコロコロと笑われて、

「そんな無茶苦茶な」

「それを承知でお願いしてるんです。なにか一つ。お願いしますよ、先生」

さまざまな流儀

おそろしく寒い日だった。火鉢はあっても全く役には立たない。

「そこへお坐りください」

「はい」

寒い座敷に向きあって坐る。

「では、もみ手をいたしましょう」

「は？　もみ手、ですか」

「はい。このように手をもんでみてください」

けげんな顔で、両手をすり合わせる。手がかじかんでいるので、自然と猫背になる。

「こうでしょうか」

「それでは番頭さんのもみ手になります。お客にへつらうような感じですね。ちゃんと姿勢を正して、こういうふうにもみましょう」

先生の小さな手が、じつに美しく無駄のない動きでひらひらと動いた。

「寒いときには、手がかじかんでお道具を上手に取り扱うことができません。由緒あるお品に万一のことがあってはいけませんし、まずもみ手をちゃんとなさってから――」

「なるほど。理にかなっていますね。つまり血行をよくするわけだ。了解です。こう、ですか」

「駄目。もみ手は目立たないようになさらなくては」

聞けばもみ手にもいろんなスタイルがあるらしい。いかにも、という感じでもみ手を抜露する流派もあれば、ひっそりと地味にもむところもあるという。

「このお寺はお西さんですから、藪内《やぶのうち》流ですね。こういうふうにさびさびと——」

お手本を示してくださる手が、なんとも美しい。

瞼の裏に残るもみ手

私は、もみ手という仕草には、それまであまり好感を持っていなかった。上目づかいに相手を見ながらお世辞たらたらの口調で、

「お値段のほうは、思いきり勉強させていただきますから」

などと、へりくだるときの商売人の動作のように感じていたのだ。

「こうですか」

「いいえ、それでは押しが強すぎます」

「では、これではいかがでしょうか」

「ちょっと卑屈に見えますね」

さりげなく格調のあるもみ手を、と、いろいろ工夫してみるが、うまくいかない。あっというまに三十分が過ぎてしまった。

「要するに、その人の品格、ということですよね」

と、ヤケっぱちな結論で、もみ手の指導は終った。寒さがいっそう身にしみた午後だっ

た。

最近は暖房が普及したので、ハアーッと息を吹きかけて両手をこすり合わせることもあまりない。それでもあの日のことをふと思い出して、ときどきもみ手をしたりすることがある。瞼の裏に、あのご婦人の美しいもみ手の動きが今も残って離れない。たぶん私には一生かかっても、ちゃんとしたもみ手は無理なような気がする。

何十年か前、サンクトペテルブルクのエルミタージュで、豪勢な宴会に呼ばれたことがあった。大皿の上にキャビアが山盛りになっているような会だったが、広いホールなのでおそろしく寒かった。

食事のはじまる前に、ふと無意識にもみ手をしている自分に気がついた。おかげでナイフやフォークを取り落とすことなく、無事に食事を終えることができた。

識《しき》字《じ》率《りつ》と識《しき》詩《し》率《りつ》

私は福岡で生まれたが、幼い頃に当時の植民地に渡った。敗戦後、引揚げてきてからは福岡で暮した。

福岡は昔からいっぷう変った人物をはぐくむ土地だ。夢野久作、花田清輝、廣松《ひろまつ》渉《わたる》、と挙げていくと、それがよくわかる。ＫＡＢＡ．ちゃん、ＩＫＫＯ、という系譜もある。

福岡県の宗像《むなかた》に住んでいる画家、Ｋさんもその一人だ。本業は絵描きだが、いまどきめずらしい大陸浪人の風格がある。大陸浪人というより、亜細亜《アジア》浪人といったほうがぴったりくるかもしれない。中国東北部（旧満州）に餃子《ぎょうざ》のルーツを訪ねて卓抜なルポルタージュを書いたりした。若いころはアフガニスタンでカラシニコフをかかえ、砂礫の丘をつっ走っていたこともあるらしい。

ある日、一緒に玄界灘に面した海岸を歩いていたとき、ふと思いだしたように彼が言った。

「識字率は低いが、識詩率がべらぼうに高いのです」

「識——なんだって？」

「識詩率。つまり詩をそらんじている連中が、めっぽう多いってこと」

「どこが？」

「アフガニスタン」

識詩率。なるほど。

彼の話では、アフガンの人びとはほとんど皆、古くから伝承された長い詩のいくつかを暗誦することができるという。星空の下、たき火をかこんで一人が古詩を口ずさむと、皆がいっせいにそれに唱和する。文字は読めなくても、詩の三つ四つぐらいそらで言えない者はいない。つまりアフガニスタンの識詩率はすこぶる高い、というわけだ。

考えてみれば私たち日本人も、昭和の半ばぐらいまでは、かなり識詩率が高かったように思う。

私は昭和二十七年に福岡から上京し、大学にはいった。そのころは詩人、歌人たちが粲《さん》然《ぜん》とかがやいていた時代だった。学生たちはみな、戦前、戦後の詩人たちはもちろん、同時代の新人たちの作品を暗記し、折にふれてはそれを高唱したものである。

文学部の学生たちのなかでもいっぷう変った私たちの仲間のあいだでは、谷川雁《がん》、吉本隆明などの新しい詩人たちと共に、小野十三郎《とおざぶろう》や中野重治など古い詩人の詩がよく口ずさまれた。

キザといえばキザな風景ではある。だが、私が籍をおいたロシア文学科では、詩の朗読はほとんど授業の中心だったといっていい。

　ブブノヴァ先生というロシア婦人の先生がいらした。ブブノヴァさんの授業は、終始一貫、ロシア詩の暗記と暗誦のくり返しである。プーシキンや、チュッチェフや、レールモントフやフェートなどの詩のいくつかのフレーズは、この歳になってもまだ脳味噌の端っこにきざみこまれたままだ。

　谷先生という教授は、酔うと必ず、

〽ゔぉーるが　ゔぉーるが　まーち・ろどなーや　ゔぉーるが　るーすかや・れかー

と、目を閉じて唸りだす。なんとなく広沢虎造の浪曲を思わせるようなダミ声だった。

「おまえたちも、やれ！」

と命令されると、私たち学生も、

〽あとゔぁりーちぇ・むにぇー・ちぇむにーつ　だーいちぇ・むにぇー　しゃーんぬえ・どぅにゃー

と、レールモントフの詩で応ずる。大学ちかくの「亀《き》鶴庵《かくあん》」という蕎麦屋の二階が揺れるほどの大合唱だった。
詩はうたうべし、読むべきにあらず、という文句が、エセーニンの詩集のどこかにあったように思う。

後年、サンクトペテルブルクにいったとき、アンナ・アフマートヴァの埋葬の記録映像を見る機会があった。アフマートヴァは、革命前はアクメイズムの詩人として出発し、のちにスターリンに長く軟禁された女性詩人である。

その映像がスクリーンにうつったとき、周囲の若い人や、おっさん、おばさんたちが一斉に、

「おお、アニョータ！」

と叫び声をあげ、彼女の詩の一節を声をそろえて朗唱しはじめた。国民詩人とはこういうものか、と感慨をおぼえたものだった。

その意味では、ロシアもまた識詩率はすこぶる高い国である。

しかし、識詩率の高い国は、アフガニスタンやロシアにかぎらず、どこにでもある。イランもそうだ。

むかしテヘランで退屈しきっていたときがあった。ちょうどパーレヴィ国王が追いだされる直前で、町のあちこちで革命派の自動小銃の音がきこえたりする。のんびり観光もできず、禁酒国なので酒ものめない。

現地の案内役の一人が、無聊《ぶりょう》をかこっている私たちに、

「キャバレーにいきましょう」

と言う。びっくりしながらついていくと、地下の店に案内された。

「これ、キャバレー？」

女性が一人もいない。酒もでない。現地のコーラみたいなものを飲んでいると、

「さあ、いよいよショウがはじまります」

と笑顔で言う。ステージに男が数人登場する。サーズというのか、なにか弦楽器をかきならすうちに、ひげの老人が立ちあがり、大声でうたいだした。歌なのか、朗詠なのか、よくわからない。物語らしいことはおぼろげながら察せられた。


やがてその語りが高潮するや、周囲にいたイラン人の客たちがおいおい泣きはじめた。案内人の男もしきりに袖で涙をぬぐっている。

言葉はわからないが、雰囲気で、英雄が戦死する場面らしいとわかった。民衆の抵抗の物語でもあろうか。

イスラム、アラブ文化圏も、識詩率は高い。ほかの国を訪ねれば、きっといくらでもそういう国はあるだろう。

これも昔の話だが、大連《だいれん》を訪れたとき、金州まで足をのばした。乃木将軍の漢詩で有名な激戦の故地である。

通訳の男性が、じつに朴訥で、親切な人だった。私が金州城外の小高い丘、まさに乃木将軍の詩の舞台となった場所で、ノートにその詩の一節を走り書きして彼に見せたのは、浅はかな識《しき》詩《し》自《じ》慢《まん》である。

征馬《せいば》不進《すすまず》人《ひと》不語《かたらず》
金州城外《きんしゅうじょうがい》立斜陽《しゃようにたつ》

そしたら彼がニコッと笑って私の手からノートをとり、ボールペンで「不進」の「進」に棒を引いて、「不前」と改めた。校正ここに極まれり、という感じで赤面した。たしかに「征馬《せいば》不前《すすまず》」が正しい。

彼が乃木希典《まれすけ》の詩を知っていたのかどうかは、いまだに謎である。

現在、私たちのこの国は、識字率はすこぶる高い。しかし、人びとに詩がうたわれなくなって、いろんな面で荒涼たる世の中になったような気もしないではない。いつか再び詩を皆が高唱する日がくるのだろうか。

新しい時代の古い言葉

「こないだ京都へいったら、鴨川の岸辺にアベックがずらーっと並んでいて壮観だった」

と、話をしたら、若い連中が顔を見合わせて、クスクス笑う。

「なにがおかしいんだい」

むっとしてきくと、

「アベックなんて、一体、いつ頃の言葉なんですか」

と、いたわるような口ぶりである。

「アベックって、あのアベックじゃないか。ほら若い男性と女性が——」

「それをいうなら、カップルとおっしゃってください」

「へえ、そうか。最近はアベックとか、いわないのか」

「イツキさんは、ときどき変な言葉を使われますよね」

「たとえば？」

「ほら、先日も、彼女はトランジスタ・グラマーだなあ、とかおっしゃってましたでしょ。私はなんとか想像できましたけど、まわりの連中、みんなポカンとしてましたよ」

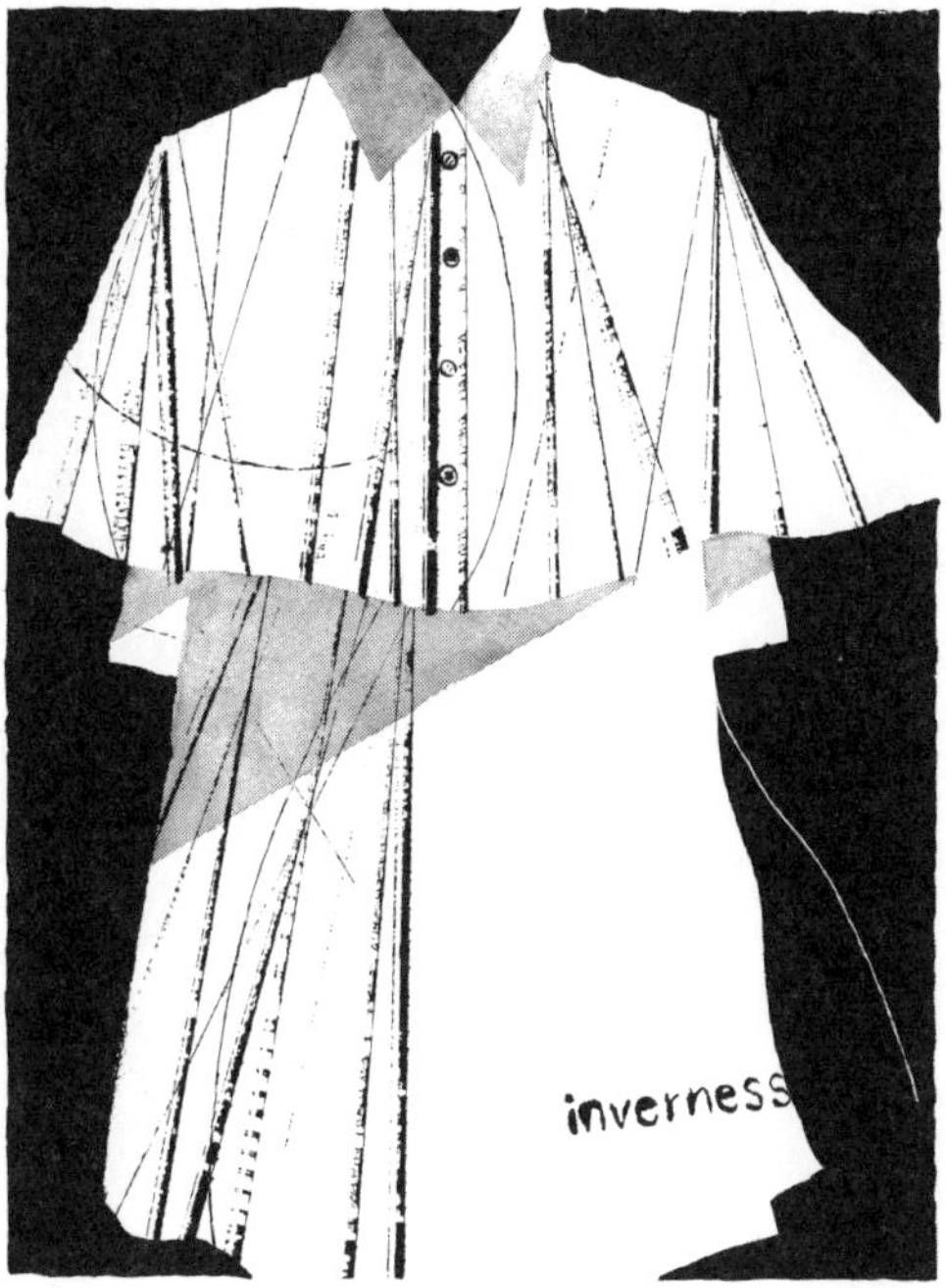
inverness

「ふーん」

トランジスタ・グラマーとは、昔はよく使われた表現だった。すこぶる小柄でありながら、メリハリのきいた体型の若い女性のことをそういったものである。

言葉はたちまち古くなる。先日も小説の題名の話をしていて、

「ガイトー？　ガイトーって何ですか」

と、きかれた。

「外套《がいとう》だよ、外套。ほら、ゴーゴリの小説にあるだろ。あの外套」

説明しているうちに、笑いがこみあげてきた。たしかに今は外套などという言葉は使わない。

社会の窓

私が学生の頃、T先生という老教授が、インバネスという言葉を口にされたのにとまどった記憶がある。

「インバネスってなんですか」

と学生の一人がたずねたとき、その老教授は唖然とした表情で、

「きみたちは、インバネスも知らないのか」

と、おっしゃった。説明をきくうちに、それがいわゆる二重まわし、ケープつきの袖な

し外套であることがわかってきた。英語の inverness であるらしい。そういえば大正時代の小説の挿し絵には、そういう恰好をした紳士が描かれていたような気がする。

「イツキさんの昔の小説を読んでいて、ときどき気になるのは――」

と、若い女性の編集者がいう。

「女性の登場人物が、ナントカだわ、とか、だわよね、とかいうじゃないですか。あれが引っかかるなあ」

　すると横から若い男性のライターが調子にのって、

「男の会話もですね、ナントカだぜ、っていうのが変。だぜ、なんて、おれたちいわないよね」

「そうそう。いっそ菊池寛の小説の会話みたいに、古けりゃ古いなりに納得いくんだけどね」

　厄介な時代になったものである。会話の語尾で男女が区別できないというのは、物語を書くほうとしては苦労の種だ。外国の小説みたいに、いちいち「彼が」とか「彼女は」とか主語をつけ加えなければならない。

　最近あまり使われなくなった言葉といえば、チャックというのがある。いまはジッパーというのが普通らしい。

「先生、社会の窓があいてますよ」

などと、小声で注意されたものだ。ズボンのチャックをしめ忘れると、そう囁かれる。なんで「社会の窓」なのか、いまでもよくわからない。

重版デキ

先日、デパートで、

「ズボンつりはどこで売ってますか」

と、案内嬢にたずねたら、ふしぎそうな顔をされた。サスペンダーといっても、たぶん通じなかっただろう。

最近、ベルトで腹部を締めつけるのがいやで、サスペンダーを使うことにしているのだ。九十何歳かのシャルル・アズナブールが赤いサスペンダーで舞台に立っている写真を見て、そうだ、高齢者はこれに限ると決めたのである。

そういえば、ベルトのことを私たちはバンドと呼んでいた。今はズボンをパンツといい、パンツをブリーフという。昔はハンドル、今はステアリング。スフとかメリヤスのことを最近はなんというのだろうか。サックがコンドーム、デザートがスイーツ、喫茶店がカフェ、数えあげればきりがない。

死語のうちにはいるかはいらないかは主観によるが、最近あまり使われなくなった言葉に、ストライキというのがある。戦後しばらくはその言葉をきかない日はなかった。労働組合というのは、ストライキをやるための組織だと思っていた。ゼネストなどという言葉も、どうやら死語と化したらしい。

「出来」と書いて、シュッタイと読ませるテレビドラマの広告を見て、

「あれ？　重版デキ、じゃないの？」

と、首をかしげる編集者が一人や二人ではなかった。私も「重版デキ」と読んでいたのだ。「出来」はたしかにシュッタイと読む。しかし、語感としては事件がおきるとか、物事が成就するとかいった場合に使うのが本筋ではあるまいか。

「重版シュッタイしました！」

と、編集者から電話を受けたことなど、私の記憶では一度もない。ここはやはり、「重版デキました」のほうがしっくりくるのである。

などとぼやいていたら、「最近、そういうことがないだけの話じゃないですか」とからかわれた。ウーム。

人を励ますということ

たまたまテレビをつけたら、癌に関する特集をやっていた。

なにげなく見ているうちに、つい最後まで仕事を脇においてつきあってしまう。やはり健康の問題はいくつになっても気になるものなのだ。

そのなかの、実際に癌を抱えた患者さんの声で、すこぶる反省させられる発言があった。

どんなに心のこもった励ましでも、ときにむなしく感じられることがあるというのだ。

実際に癌とたたかっている人、または癌を克服した人の言葉は身にしみて嬉しく心強い。

しかし、そうでない人や健康な人の声は、いまひとつ本当に励まされるところがない、というのである。

なるほど、たしかにそうだろうなあ、と深くうなずくところがあった。

苦しい体験をし、それを乗りこえてきた人の言葉には、おのずからなる重みがある。たとえ無器用な励ましかたであったとしても、受けるほうとしては戦友に似た共感の回路が存在するからだ。

人を励ますということは、簡単なことではない。がんばれ、とは言わないように、と、最近の励ましマニュアルでは教えるようだ。がんばりましょうね、と言うように指導するらしい。

悲嘆にくれている人を励ますのは大事なことだ。グリーフ・ケアという活動の重要さは、最近ますます大きな注目を集めている。

仏教とは何か、と質問すれば、一般には、智恵と慈悲の教えです、という答えが返ってくる。

智恵とは天地万物の真理、人間生死の真実を知ることだろう。そして慈悲とは、慈アンド悲、の合成語だと説明される。慈はマイトリー。悲はカルナー。中国人は造語の天才だから、その二つを合わせて慈悲という見事な言葉を作った。

この慈悲という表現が、わが国では俗に情けをかけること、というように変容した。

「お代官さま、お慈悲でごぜえますだ」

などと時代劇で農民が土下座して懇願したりする。

励ましの効用

しかし本来は、慈は慈、悲は悲、方向は一緒でも内容は歴然とちがうらしい。

慈、すなわちマイトリーは、私の勝手な解釈では、友愛とか、仲間意識とかいったものだろう。アメリカでアフリカ系の人びとが「ブラザー！」と呼びあうようなものである。今ふうに言えばヒューマニズムと訳してもさしつかえあるまい。明かるく前向きの姿勢だ。

これに対して悲、カルナーというのは、痛みを共有する無言の感情である。

おおざっぱに言うと、慈は励ましで、悲は慰めということではあるまいか。

悲しみにくれ、打ちひしがれている人に対して「がんばれ！」と力強く励ますことは大事なことだ。もう駄目だ、と道ばたに坐りこんでいる人に対して、「さあ、起ち上ろう。そこまで行けば船が待っているよ。この肩につかまって一緒に歩こう」と励ませば、それにこたえて起ち上り歩きだす人もいるかもしれない。励ましの効用というものだ。

しかし、世の中には励まされてもどうしようもないという局面も、ないわけではない。さまざまな心の葛藤を経て、窮極の事態を迎えた人に対して、「がんばれ！」は残酷なアピールではないだろうか。

相手の痛みを半分せおってでもいいと決意したとしても、苦しみや痛みは、しょせん個人その人だけのものである。いかなる善意からであっても分けてもらえるものではない。

そういう場面に直面し、励ますおのれの無力さを思い知らされた者が、思わず知らずもらす「ああ」というため息が、悲というものの実体ではあるまいか。

そこでできることは、ただ黙ってそばにいることぐらいだろう。

被災地のマニュアル

悲という字の非は、一説に鳥の翼が左右に分かれた形であると聞いたことがある。心が二つに引き裂かれた状態のことらしい。

被災地の人びとの心を支えようと、善意の人びとがボランティアに出かけていく。励ましのマニュアルを持参する場合もあるという。そこには、どこまでも聞き手に徹することが指示されていて、安易に「がんばりましょう」などと励ますべきではない、と固くいましめられているのだそうだ。

その指導は正しい。ところが、ある若者から聞いたのだが、ふつう被災して悲嘆にくれている人たちは、口数が少ないのが自然である。その重い口を開かせて、思いのたけを語ってもらおうと苦心しても、そうなかなかうまくいくものではない。

そこで話を引きだそうと、いろいろ善意の質問をする。すると、ときには警戒されたり、うるさがられたりすることもあるらしい。当然のことだ。疲れきって避難しているときには、身の上話などする元気もないだろう。

「根ほり葉ほりいろんなことを聞くんだもの、気味が悪くて」

と、後で話していた人もいたらしい。

人を励ますというのは、むずかしいことである。心のケアなどということは、一朝一夕に学べるものでもない。

「自分も癌を抱えているか、癌を体験したことのある人の言葉でないと、いまひとつ心に響かない」

という患者さんの声が今も耳に残って離れない。

迷ったらどうする？

人は暮らしの中で、何度となく迷うことがある。

右すべきか、左へ向かうか。この仕事を受けるべきか、断るべきか。

思いきって決断したほうがいいのか、それとも引きさがるか。

これまでに私も、幾度となくそういうシチュエーションに置かれたことがあった。

見る前に跳べ、という名言もある。チャンスは二度と巡ってこないぞ、という決断のすすめもあった。

自分の一生を振り返ってみても、結論はでない。以前、私は、

「迷ったときにはやめる」

と、人にもすすめ、自分でもそう決めていたことがあった。

「それは面白い」

と、思わず引き受けて、後悔することが多かったからである。

今ならどうか。

「迷ったときには、目をつぶってやれ」

とは言えない。しかし、少しでも首をかしげる気持ちがあるときは、さっさと手を引くほうがいい、とは断言できない気持ちもある。

マーフィーの法則というのは、確かにあるようだ。少しでも迷いがあると、失敗することが多い。

〈この話、面白いんだが、なんとなく気になるなあ〉

という、一種の勘のようなものは、えてして当るものだ。

私がもし癌になって、大きな手術をすすめられたときはどうするか。

若い頃なら、もちろん無条件で手術を受けただろう。しかし、米寿を目の前にしたこの歳では、どうしても躊躇する気持ちが先立つのは当然ではあるまいか。

九十歳を過ぎても大手術が成功して元気な先輩のことを知ってはいるが、そこでやはり迷うのが人間というものだ。

考えてみると、人が生きるということは、日々これ決断の連続であるといってもいい。決断とは選択のことである。

前半生のモットー

目覚ましのベルを止めるべきか、それとももう少し眠るか。朝食はとるか、とらないか。ネクタイは？　服は？　そんな小さな雑事からはじまって、職場では常に選択と決断を迫られる。頭の中でチカチカと光が点滅して、そのつど決断と選択が連続する。

「一杯、飲んでいこうか」

という先輩の誘いを断るべきか、それとも素直に受け入れるか。ビールにするか、ハイボールにするか。帰りはタクシーを使うか、駅から歩くか。カミさんに連絡すべきか、しなくてもいいか。

いったい私たちは一日のうちに何度ぐらい決定をしなければならないのだろう。

打てば響くような、という言い方がある。

「うーん、そうだなあ、どうしようか」

と、迷ったりしていては世の中は渡っていけない。優柔不断、というレッテルをはられてしまうと、その評判は一生つきまとって離れないものだ。

そんな日常の些事でも面倒なのに、ときには自分の将来を左右するような決断を迫られることがある。

進学、就職、結婚、離婚、それだけではない。仕事の上での選択はどんな人にでもある。子供の進路に関しても、自分の老後についても、選択と決断を迫られる場面の連続だ。

と、ここで最初の問題にもどる。

「迷ったときにはどうするか」

選択肢は二つしかない。やるか、やめるか。引き受けるか、断るか。

折衷案がないというのが辛いところだ。そういう場面に対して、はっきりした自分なりのルールが定まっている人はつよい。

「迷ったらやめる」

私の前半生は、それをモットーにしてきた。

しかし、人生五十年どころか今や人生百年時代だ。一生同じ処世訓を守り通しているより、もっと柔軟に対処すべきではあるまいか。

老後のモットー

と、いうわけで、最近、私は攻めの姿勢に転じることにした。

「迷ったらやってみる」と。

これは常識的に考えれば、反対だろう。歳を重ねるにつれ、事なかれの人生を歩むのが自然というものだ。

「人事をつくして天命を待つ」

という言葉を、私は強引に自分流に読みかえて、

「人事をつくさんとするは、これ天の命なり」

と勝手に読んでいる。

やると決めるのも、やめようと思うのも、自分の判断の及ぶところではない。

人生は複雑だ。だからこそとことん考え抜く必要があるだろう。しかし、考えて考えて考え抜いたところで、必ずうまくいくとは限らないのが人生である。この年まで生きてきて、つくづくそう思うようになった。

五十歳までは、迷ったらやめる。五十歳をこえたら、迷ってもやる。私は若い頃、競馬に夢中になっていた時期があった。中山競馬場の近くに住んでいた頃だ。しかし、キタノオーとハクチカラの一騎討ちに賭けたあと、ツキモノが落ちたように競馬に興味がなくなった。麻雀もそうだ。

あらためて、そろそろ競馬と麻雀に復帰してみようかと考えているところだ。迷ったらやる。それを老後のモットーにしたい。

人には話せない夢の中身

すこし汚い話を書かせていただく。食事前のかたは、飛ばして次の項に移ってくださったほうがいいかもしれない。

なぜわざわざ汚いことに触れるのか。それは心のデトックスといいましょうか、内面の平衡感覚をとりもどすためである。

世間に生きていくためには、綺麗事《きれいごと》を言わなければならない。駄々っ子のようにトリックスターを演じる道もあるが、そういうひねった生きかたは疲れる。私には無理だとわかっているのでやらない。

いわゆる毒舌というやつも、着てる服の裏地に「ホントはいい人」と染め抜いてなければならないところがつらい。

と、いうわけで、綺麗事の質問に、綺麗事ばかり答えていると、心が汚物で一杯になってしまう。だからそれを時々吐きだす必要がある。いわゆるデトックスとは、毛穴を開いて体内の毒素を排出する、それによって身体のバランスをとりもどす、という発想だが、排出された毒素は一体どこへいくのだろう。

日本国民一億何千万人かが一斉にデトックスをしたら、それこそ地球規模の大汚染ではあるまいか。

と、いうわけで、心の大掃除。わが人生の古い記憶の中から、これという記憶の汚物をいくつか拾いあげてみることにしよう。

さて、数日前からひさしぶりに風邪気味である。喉に痰《たん》がからまって気持ちが悪い。カーッ、ペッ、と盛大に痰を吐いてティッシュで拭う。たちまち屑籠が白い花で一杯になった。

こう堂々と痰を吐くのは、何十年ぶりだろうか。近頃、人前でカーッ、ペッ、などとは、とてもできない。それでなくても年寄りは存在そのものが汚いものなのだから、せめて他人様の前では気取りが必要なのだ。

超高齢社会が到来した、というので何を勘違いしたのか、しきりにはしゃぐお年寄りたちがいらっしゃる。しかし、

「オウ、やっとオレたちの時代がきたぜ」

などと、活気づくのはちょっと早い。どう変ったところで、下駄を鳴らして、腰に手拭いぶらさげて、高歌《こうか》放吟《ほうぎん》する時代ではないのだ。

白い痰壺の記憶

旧制高校生時代の弊衣《へいい》破帽《はぼう》には、立ちションがつきものだった。それに、カーッ、と派手に喉を鳴らして痰を吐く。昔の蒸気機関車は石炭を焚いて走ったから、大気汚染は最高、いや、最悪だった。だからだれもが盛大に痰を吐いた。

私は子供の頃、当時の大日本帝国の植民地で育ったから、こんな光景もよく目にしたものだ。

当時の朝鮮、満州、支那などでは、公共の場所には必ず痰壺《たんつぼ》というものが設置されていた。設置などというと大袈裟《おおげさ》だが、要するに部屋の隅にそれがあったのである。

人びとは遠慮会釈《えんりょえしゃく》もなく、その白い壺に痰を吐く。なかには椅子やベンチから腰をあげて、痰壺まで近づいてカーッとやる上品な人もいたが、大半はそうではなかった。

駅の待合室などで、長い木のベンチが五列か六列あって、皆がそこに坐っているとすると、ベンチのうしろのほうに腰をおろしたまま、カーッ、ペッ、と痰を飛ばす人がいる。

他の人びとの頭上をこえて青黄色い痰のかたまりが綺麗な放物線を描きながら空中を飛翔し、大陸間弾道弾のような正確さで目標の痰壺に落下する。

痰を飛ばしたご当人は、もうその行方など見てもいない。飛翔物体が目標に着地することを露ほども疑ってはいない風情で、煙管《きせる》に刻み煙草《たばこ》をつめ、火をつけて深々と煙を吸っている。

修練の技

それにしても、他の客たちの頭上をかすめ、数メートル先の白い痰壺に飛んでいく痰のラインは見とれるくらいに美しかった。幼い私は、その後、何度となく家の裏庭で数メートル先の蓮の葉っぱに痰を飛ばす練習をしたが、どうしてもその極意は会得できなかった。

いま思うにあれは痰が軟かい状態では無理なのだ。カマンベール・チーズほどに適当に固まっていなければならない。ある程度の大きさ、質量も大事である。それは暮らしの中で何十年となく繰り返してきた修練の技なのであり、比較的、空気の綺麗な国土に長年暮らしてきた私たちには、どだい無理なテクニックだと思う。

それにしても、頭上すれすれに青黄色い飛翔物体が飛んでいくのを、眉ひとつ動かさずに編み物を続けていた美少女の神経のたくましさは、一体なんであろうか。

ある晩の私の夢の中に彼女は出てきた。そして私がカーッ、ペッ、と心魂こめて飛ばした痰が、ベシャッと彼女の横顔を直撃した場面で目を覚ました。

「どうしたの？　ギャッとかカッとか叫んでたわよ。悪い夢でも見たんでしょう」

と、母親が言った。当時は家族が蚊帳《かや》の中で一緒に寝るのが普通だったのである。

ひさしぶりで痰が喉にからんで、そんな昔の事をつい思い出してしまった。

彼《か》の地には、まだ痰壺というものはあるのだろうか。あの庶民大衆の至芸は、いまもなお健在なのだろうか。

　ティッシュに取った私の痰は、不透明で、半分水のようだった。軟弱きわまりない痰である。痰にも国民性というものはあるのだろうか。

風呂が趣味とはなさけない

風呂にはいるというのは、人生の数少ない楽しみの一つである。

酒が好きな人がいる。美食家もいる。競馬、競輪、その他のギャンブルに熱中する人もいる。旅が趣味の人もいる。俳句をつくることが生き甲斐という人がいる。金儲けがなによりも好きな人もいる。その他、数えきれないほど人生の楽しみはある。

しかし、風呂が好き、というのは、なんとなくパッとしない。どことなく恰好よくないのだ。

人はなぜ風呂にはいるのか。

本来の目的は体を清潔にたもつためだろう。また血行をよくして、心身をリラックスさせる効用もあるらしい。

私の場合は、そのどちらでもない。そもそも何か目的があっての入浴ではないからだ。

ではどういう理由で風呂にはいるのか。

一日に何回となく湯につかる。目を覚ましては、風呂にはいる。ひと仕事終えると風呂。外出して帰ってくると風呂。寝る前にも風呂。夜中に目が覚めては風呂。

というわけで、一日のうちどれだけの時間、湯につかっているかわからない。まるで水棲、いや湯棲動物だ。

湯の温度は、ふつう四二度が適温とされている。「神があたえ給うた温度」などと大袈裟なことを言う医師もいた。私の場合は、それよりやや低めにする。なにしろ長時間はいっているので、それくらいがちょうどいいのである。

風呂では体を洗わない。わざわざ石鹼でこすったりしなくても、長くはいっていれば自然に汚れは湯に溶けるのではないか。

湯につかったまま、本を読む。ミカンを三つ、四つ浴槽にほうりこんで、生ぬるくなったところを皮をむいて食べる。ほんのりと温かくて、これがなかなかうまい。温州ミカンならぬ温水ミカンだ。

汗がでてきたら水を飲む。ただの水が、こんなに美味に感じられることはない。

昔は、風呂にはいるというのは、すこぶる贅沢なことだった。そもそも、風呂を沸かすのがひと苦労だったのだ。

どろどろの湯

敗戦後、外地から引揚げてから、しばらく両親の実家にお世話になっていた時期がある。

山間部の農家で、当時は水道も電気もなかった。昭和二十年代の前半には、そんな暮らしが日本列島のいたる所にあったのだ。

風呂を沸かすためには、少し離れた渓流から水を汲んでこなくてはならない。両手にバケツをさげて、坂道を何度も往復する。これがえらく大変な作業だった。

五《ご》右《え》衛門《もん》風呂《ぶろ》といって、鉄でできた風呂である。底まで鉄だから、そのままはいるわけにはいかない。木の浮き蓋《ぶた》を足で踏んで、その上に乗って湯につかるのだ。風呂桶ではなくて、風呂釜である。下のほうに焚《た》き口があって、そこで薪《まき》を燃やす。これがなかなかうまく燃えない。煙にむせながら、火吹竹で風を送って火勢を強める。

風呂を沸かすだけでも大仕事だから、毎日というわけにはいかなかった。いちど沸かした風呂を何日も使うのだ。

ときには隣家に声をかけて、はいりにくるようにすすめたりもする。

そんなわけで何日かすると、湯がどろどろになる感じだった。

最近の若い人にその話をすると、みなが眉をひそめて、「わあ、汚なーい」とか「フケツー。信じられなーい」などと言う。しかし、たかだか六、七十年前の話ですぞ。夜はランプですごし、何里も歩いて小学校に通う時代が実際にあったのだ。

農村だけではない。大都会には必ずスラム街があった。格差はいまよりもはるかに大きかったはずだ。

蛇口をひねればザーッとお湯がでる。温度も自由に調節できる。浴室もひとり占めだ。昔の炭鉱地帯の共同浴場の絵を見ると、男女混浴である。さぞかし活気があったことだろう。

こんなに贅沢に慣れていいものか、と、ふと思ったりする。世の中のことを考えると、申し訳ない気持ちがこみあげてくる。

頭もふやける

ときに風呂の中で眠りかけることがある。これは危険だ。風呂場での事故は、思ったよりはるかに多いらしい。滑って転倒したり、室温の差で発作をおこしたりと、入浴には危険がいっぱいだ。

学生の頃は銭湯に通っていた。外国へ旅をしたときには、つとめてその地の風呂にはいるようにした。バーニャというロシアの風呂も、フィンランドのサウナも、その他の国々の風呂にもはいったが、いまひとつ落着かなかった。

風呂の中で本や雑誌を読んでいると、湯気で紙が少しふくらんでくる。私の本棚に置かれている本が、なんとなく形崩れしているのはそのためだ。ついうっかり湯の中へ落として、二倍ぐらいの厚さにふくらんでしまった本もあった。

バスタブの上に板を並べて、その上に原稿用紙をひろげ、仕事をしようと考えたことがある。半分、湯に浮かんだ状態で執筆すれば、腰痛もでないだろう。

そう思ってためしてみたが、これは駄目だった。湯につかっているときは、頭もふやけているのだ。さっぱり文章が浮かんでこないのであきらめた。世の中、うまくいかないものである。

食べることもまた難きかな

最近、食べものの店で行列をつくって並んでいる人たちをよく見かける。いや、最近というわけではない。以前からそういう光景はよくあった。だが、昔と今とでは何かがちがう。

あれこれ考えているうちに、その相違の一端に気づいた。

要するに行列をしている人たちの表情がちがうのだ。以前は席が空いていないために仕方なく並んで待ったものだった。最近はそうではない。話題の店に並んでいること自体が、なんとなく楽しそうなのだ。なかには自撮《じど》りというのか、棒の先に携帯をつけて並んでいる自分たちを撮影したりしてはしゃいでいる若い人たちもいる。

戦中、戦後は、行列する人たちの顔は疲れていた。日本だけでなく、かつての社会主義国には行列風景がよく見られた。それぞれに袋をさげ、冷い風の中に並んでいる人びとの顔には、疲労と絶望の色がにじんでいたように思う。

私はそんな時代に育ったせいで、食べものに関してはきわめて貧しい関心しかない。旨いまずいを言う環境ではなかったのだ。戦時中は代用食、戦後しばらくは口にはいるものならなんでも食べた。

その後遺症は今になっても残っていて、ほとんど食べものの質に関して興味がない。要するにアナーキーなのである。

そんなわけで、食べものにまつわる文章を書くときが一番困るのだ。そんな私だが、一つだけ食べものの話を書いたものが、食に関するアンソロジーに収録されている。

『カツカレーの春』

というのが、その文章だ。なんとも品のないタイトルで、仮りにも作家のエッセイとは思えない。

「イッキさんの作品、読んだことがありますよ。えーと、なんだったっけ、そうそう、『カツカレーの春』。あれおもしろかったな」

などと言われて、挨拶に困ることも少くない。

「すき焼き」と「すき煮」

以前、有名な店ですき焼きをご馳走になったことがある。最初、鍋に白い脂を溶かして、足の裏みたいな大きな霜降り肉を仲居さんが焼く。それを玉子を溶いた中にザブリと落として、

「どうぞ、お召しあがりください」

たぶん、それが本格的なすき焼きなのだろう。しかし、私がイメージするすき焼きは、ネギも糸ごんにゃくも豆腐も、仲よく雑居してグツグツ煮えている鍋だ。たぶんそれはすき焼きではなく、すき煮みたいなものだろう。

私の家では、いきなり肉に箸をつけるなどということは、考えられない振舞いだった。ネギや糸ごんにゃくあたりから、おそるおそるいただくのが、家庭でのマナーだったのだ。

そういえば、昔、メロンパンについて書いたことがある。それからしばらくは、地方に講演などにいくと、ステージにメロンパンの袋を投げる人がいた。

年齢とともに、味覚も変る。むかし美味だと思っていたものが、さほど旨いと感じられなくなったりもする。

飲みもの、食べもの、ルール違反を承知で好き勝手なことをしながら、今日まで生きてきた。

ほどほど

最近、凝っているもの。

コーヒーにレモンを入れて飲む。

最初、友人の紅茶についてきたレモンが使われずに皿に残っていたのを、冗談半分にコーヒーに入れてみた。

これが意外にいけるのだ。人はともかく、自分が気に入っているので、顔見知りのカフェではコーヒーのレモン付き、を頼む。ちょっと酸味があっておいしい。

カプチーノに高麗人参を入れる。

顆粒でも、粉末でもいい。シナモンとはまたちがう味で、私は気に入っている。

搾菜《ザーサイ》のお茶漬け。

中華の店で、茶碗半分の米飯に搾菜《ザーサイ》をたっぷりのせ、お茶をかけて食べる。

こういうことを書きつらねている内に、なんとなく情けなくなってきた。

食は文化である。

先日、読んだ本の中に、こんな文句があった。

〈あなたが今日食べたものが、明日のあなたの体をつくる〉

搾菜《ザーサイ》のお茶漬けから、はたしてどんな体がつくられるのだろうか。

閑話休題《かんわきゅうだい》。

私は以前から、よく噛んで食べることと同時に、噛まずに呑みこむことの大事さも主張してきた。あまり噛みすぎてドロドロになったものを送りこむと、胃が本来の野性的な消化力を失うのではないか、という珍説である。

そこで週に五日、月曜から金曜まではよく噛んで食べ、土、日の二日はあまり噛まずに呑みこむことを推奨してきた。

しかし、最近になって、嚥下《えんげ》の専門医からそのことを批判されて、なるほど、と思った。要するに、液状のもの、ドロドロになったものは、かえって誤嚥《ごえん》を引きおこしやすいというのである。

適当に原形をたもった食物のほうが、自然に、安全に喉を通りやすいのだそうだ。ただよく噛めばいいというものではないらしい。

噛まないのもよくない、噛みすぎるのもよくない。要するに、ほどほど、ということだろうか。

その、ほどほど、というのが難しいのである。

さて、きょうは何を、どんなふうにして食べようか。

むかしは夢か幻か

このところ旅が続く。

明日は奈良へ日帰りである。ＢＳ朝日で再放送されていた「百寺巡礼」関係の催しで、奈良周辺のお寺について話をするのだ。

奈良日帰りというのは、少々つらい。最近はあちこちに新幹線が開業して、日帰りの旅が多くなった。

番組制作当時、奈良関係で訪ねた寺は十寺あった。ちゃんと巡拝すれば十寺どころではあるまい。番組の都合でおとずれたのが、たまたま十寺だったということだ。

法隆寺、中宮寺、飛鳥寺、當麻寺、東大寺、室生寺、長谷寺、薬師寺、唐招提寺、秋篠寺、の十寺である。

日本全国百寺のうちの十寺が奈良地方にあるというのは、さすがである。日本の寺々の源流は、やはり奈良にあるのだろう。

よく受ける質問に、「どのお寺が一番、印象に残っていますか？」というのがある。それをきかれるたびに、うーん、と絶句してしまう。古寺も、大寺も、新寺も、小寺も、それぞれに独自の特徴があるからだ。

当然のことながら、百寺を訪ねた旅の第一番目の寺は忘れがたい。それは「女人高野」とも呼ばれる山中の室生寺である。

奈良県宇陀市室生。

おとずれるだけでも、かなり大変な場所だ。

真言宗の霊地、高野山は、昔は女人禁制の山だった。明治になるまで女性の入山は原則禁止とされていたのである。それは高野山だけのことではない。比叡山など日本の霊山の多くが、女性を拒んでいたのだ。高野山などでは、かなり離れた場所にある女人堂と呼ばれる小屋から拝観するしかなかった。セクハラなどという観念は、その当時は考えもつかなかったのだろう。

そんな時代に、悩み多き女性たちを受け入れる真言宗寺院が、わずかながらあったらしい。その一つが、都から遠く離れた奥山の室生寺だったという。いつの頃からか室生寺は「女人高野」と呼ばれるようになった。

しかし、今でこそ鉄道やバスを利用しておとずれることができる室生寺だが、当時は大和の中心地からさえ遠く離れた山寺である。

雪の室生寺を

夏はけわしい坂道をこえ、冬は雪を踏みしめ、木の枝にすがり、岩肌にそって、ひとり室生寺をめざす女性の心中には、いかなる情念が渦巻いていたことだろう。

この室生寺に執着した写真家がいる。かつて『筑豊のこどもたち』という写真集で、時代を鋭く切りとってみせた土門拳である。彼は『古寺巡礼』という作品集の第一歩を、室生寺からスタートした。

土門さんが室生寺にはじめてやってきたのは、昭和十四年だそうだ。以後、くり返し室生寺へ撮影に通った。

彼がイメージしたのは、雪の室生寺だったらしい。しかし、何度でかけても雪に出会うことができなかった。

彼の夢がかなったのは昭和五十三年の冬である。その時も滞在中、雪は降らなかった。もう一日だけ、と諦めかけて滞在をのばしたその翌朝、宿のおかみさんが、玄関をあけると一面の雪景色だった。

おかみさんは思わず寝間着のまま、土門さんの部屋にとびこんで、「先生、雪！」と叫んだ。土門さんは窓をあけて外を見ると、彼女の両手を握ってぽろぽろ涙を流したという。

そんなメロドラマのような話が残っている室生寺を、どうして忘れることができようか。

この寺の五重塔は、日本一だといわれる。なにが日本一かといえば、その塔の大きさではなくて、小ささにおいてである。全高約十六メートル。いかにも「女人高野」にふさわしい優美なたたずまいだが、実は靭《つよ》い。

もう一つ、室生寺では忘れることのできない思い出がある。石段である。

精一杯の見栄

八十歳を過ぎて左脚をいためる前までは、私の好物は石段だった。石段と見るとのぼりたくなる。室生寺を訪ねたころは、まだ私は健脚に自信をもっていた。七百数十段の石段があると聞いても、ふん、と鼻で笑う余裕があったのだ。

仁王門から奥之院まで、ある人は七百五十段といい、ある本によれば六百八十段であるとされる。どこからスタートするかによって段数はちがうが、およそ七百段といったところだろう。

まず、撮影のリハーサルで一往復。これで千四百段である。これは無難にこなした。そのあと本番で一往復。合計二千八百段だ。かなりバテたものの、なんとか完走。

やれやれ、やっと終ったとほっとしたところに、広報用のスチール撮影でもう一度のぼってくれという。

見栄を張った手前、やらざるをえない。必死の思いで七百段をのぼりきる。しかし、おりる段になって膝はガクガク、太腿は痙攣するわで、転げ落ちる寸前だった。

計四千二百段。

生涯でもっともしんどい体験だった。いまの脚の不具合は、あの時の無茶な行為の後遺症かもしれない。

先日、駅の階段を一段ずつ、手すりにつかまってのぼっていると、通りがかりに、「百寺巡礼」見ましたよ、と声をかけてくれる人がいた。「ありがとう」と礼を言いつつ、精一杯の見栄を張って、手すりから手を離して元気よく階段をのぼろうとしたら、とたんによろけて危うく転倒するところだった。

むかしは夢か、幻か。

運転をやめた本当の理由

私はクルマが大好きだった。クルマ、というより自動車というべきだろう。

モーター・ジャーナリストの故・徳大寺有恒《ありつね》さんと箱根新道をドライブしたり、谷田部のコースを走ったりした。五木レーシングというチームを立ちあげて、マカオ・グランプリのワンメイクレースに参加したりもした。もちろん名前だけのオーナーである。

エリック・サティの生地、オンフルールの街のフェスティバルで、クラシックカーを運転したこともある。『雨の日には車をみがいて』とか『ヘアピン・サーカス』など、いくつかのクルマ小説も書いた。

「犬は人間の友である」と言った人がいたが、私にとってクルマは「生涯の友」のような気がしていたのだ。

ローマからイスタンブールまでフェラーリで走る、というテレビの番組に出たこともある。ただしフェラーリというのはプロデューサーの大法螺で、実際には中古の赤いＶＷのカルマンギアだったのだが。

仕事がはかどらないときや、気持ちが挫けそうになったときには、ひとりクルマで深夜の第三京浜を行ったり戻ったりした。走らなくても、駐車場に車をとめてラジオを聴いているだけで、なんとなく心が落ちついてきたものである。

そんな私が六十歳を過ぎた頃から、車のステアリングを握ることが少くなってきた。そして六十五歳のときに、完全にクルマの運転をやめた。

車の運転をやめたときには、正直に言って、人生を半分おりたような気がしたものである。いや、実感からすると、「男をやめた」ような感じだった。

そのことについて、これまで何度か言い訳めいた文章を書いたことがある。またインタヴューなどで運転をやめた理由を、あれこれ喋ったりもした。

いわく、動体視力や反射神経の衰えを自覚したこと。思う通りのライン取りができなくなったこと。体力の限界を感じはじめてきたこと、などなど。

ドライバーの行儀

しかし私が、喉元までこみあげてきたものの率直に口にしなかった理由がいくつかある。それを言うと、なんとなく偉そうにきこえてしまうのではないかと躊躇するところがあったのだ。

いまごろになってそういう事を言いだすのは、未練がましい感じがするかもしれない。だが、古人が述べた言葉、「物言はぬは腹ふくるるわざ」というのは本当だ。

最近、どうも胃の調子がよろしくない。漢方の胃腸薬などを飲んでごまかしてはいるものの、ひょっとすると心に溜まったものを、ぜんぶ吐きださずにいたせいかもしれないと考えるようになった。

この年になれば、感じたことをぜんぶ吐露してもいいのではないか、と思ったりもする。

そこで白状するのだが、私が男をやめた、いや、運転をやめた理由は加齢のせいだけではない。私は当時この国のクルマ事情につくづくいや気がさしていたのである。

この国のクルマ事情とは何か。それはいま私たちが接している自動車交通の現実のありようである。

ひとことで言えば、車を運転するドライバーの行儀《マナー》が、あまりにもひどすぎることだ。都市交通は文明の象徴である。無数のクルマが行きかう道路は、その国の、おおげさに言えば、その民族の文明度の尺度にほかならない。

この国のドライバーたちは、右折、左折の信号をなぜ出すことを惜しむのか。雨の日やたそがれ時にスモールランプを点燈することを、なぜいやがるのか。

「年配のドライバーはですね」

と、ジャーナリストの友人が言う。

「少しでもバッテリーがあがるのを避けようと思ってるんですよ。それに電球を長もちさせるために、できるだけ点燈しないようにつとめてるみたいですね」

そんな馬鹿な。いまどきのバッテリーは、簡単にあがったりはしない。ライトの耐久期限をのばそうなどと考えるのは、時代錯誤というものだろう。

修羅の巷《ちまた》に疲れて

それに、年寄りのドライバーばかりがマナーや運転の常識をわきまえないわけではない。

車間距離を一メートル縮めたところで、目的地に到着するまで何秒早く着くというのか。割り込みを防ぐため、という人もいるが、はいりたい車には、入れてやればいいではないか。

「こじあけるようにして頭を突っこんでくる奴が許せないんだ。そんな相手は絶対に割り込ませないことにしてる」

と、私より年長のあるドライバーは言っていた。

車だけではない。雨の日に横断歩道の前で停車していて、信号が青になったので発進しようとすると、いきなり左後方からとび出してくる自転車や、傘をさした歩行者がいる。それを押しのけるようにして急発進する車がいる。高速道路の脇に、四燈点燈もせずに停車して携帯で写真をとっている家族もいる。

都市交通はエゴとエゴのぶつかりあう修羅の巷だ。そこで戦うことに疲れて、私は身を引いたのだった。戦いに生き甲斐を感じるには、六十五歳という年齢は限界だったのである。人それぞれの事情はあるから、九十歳で運転できる人もいておかしくない。そのうち完全自動運転の車が登場すれば、この現実は変ってくるかもしれないのだが。

年寄りのトリセツ

ある地方都市での話である。

そこそこ高齢のご婦人が、町はずれの田園地帯を散策なさっていたら、新しい建物をみつけた。ちょっとメルヘン調の造りで、壁に草花だの蝶々だの可愛いらしい絵が描いてある。

「へえ、こんなところに保育園ができたんだ」

と、近付いて看板を見たら、老人ホームだったそうだ。

「あたしは絶対にあんなホームには入りませんからね」

と、そのご婦人、入所をすすめられたわけでもないのに勝手に憤慨なさっていたらしい。

「ああいう所って、きっと年寄りを幼児扱いするんだわ」

「でも、乱暴に扱われたりするよりは大事にされたほうが――」

と、お孫さんの一人が口をはさむと、

「大事にするのと子供扱いするのとはちがいます」

「じゃあ、どうすればいいんですか」

「ちゃんと年寄りらしく扱ってほしいのよ。人生の大先輩でしょ。敬意と配慮をもって接してほしいわね」

「でも――」

と、お孫さんもなかなか引きさがらない。

「うんと年をとると、人は子供に還るとかいうじゃありませんか。なにも悪意があって優しく接してるんじゃないと思うけど」

「あなた、そういうことおっしゃるけどね」

と、おバアちゃまも一歩も妥協なさらない。

「そもそも老人と年寄りを一緒にしちゃだめでしょ。そりゃあ老人は子供に還るかもしれないけど、年寄りは子供じゃない。あたしゃ立派な年寄りですからね」

「ハイハイ、わかりました。ご機嫌なおしてくださいね」

「そのハイハイがよくないのよね」

「じゃあ、ハイ。これでいいかな」

と、お孫さん去る。

船は出てゆく煙は残る、と昔の浪曲師はうたったものだった。理解してもらえない、というお年寄りの悲哀は海よりも深い。

孤独感が生まれるとき

私の友人がこんなことを話していた。

彼のおばあちゃんは、とびきりのインテリだった。若い頃は青鞜社《せいとうしゃ》の平塚らいてうの研究をされていたというから、筋金入りである。

高齢になって体が不自由になっても、頭はなみの若者よりしっかりしていた。晩年になってもエスペラント語の勉強を続けていたという。

しかし八十歳を過ぎて、まわりがいろいろ気をつかうようになってくる。やがてお孫さんのすすめでデイサービスを受けることになった。

初日、施設から帰ってきて、おばあちゃんが独りで泣いているのを娘がみつけた。

「どうしたの、おばあちゃん」

心配してたずねても、おばあちゃん、首を振るだけで何も言わない。

おばあちゃんのお気に入りの孫が、それとなく話を引きだしたところによると、施設に着いてお仲間に紹介されると早速、お遊戯の仲間に加えられた。タンバリンを持たされて、皆さんと一緒に童謡をうたうことになる。輪になってうたったり踊ったりしているうちに、なぜか涙がでてきたという。

「どういうわけかねえ。家に独りでいるときより、ずっと孤独感が迫ってきたの」

と、おばあちゃんはつぶやいたそうだ。

「これがオルテガ・イ・ガセットのいうトゥゲザー・アンド・アローンというものかしらねえ」

老いた後の生き方

こういうお年寄りは、必ずしもそれほど多いわけではあるまい。しかし、昔は高齢者を幼児扱いする風潮がたしかにあった。

「はい、アーンとお口をあけましょうね。そう、そう、よくできました。じゃあ、もう一度、アーン」

とか、

「おばあちゃん、おいくちゅですかー」

などと、わざわざ幼児的な口調で対応する光景がしばしば見られたものである。だれかれかまわずそんな対応をするのは問題だが、また現場には部外者にはうかがえない事情もあるのだろう。

「はい、ちゃんと咀嚼してください。誤嚥すると誤嚥性肺炎になったりしますから」

などと指導されると、反撥するお年寄りもいるのではあるまいか。

しかし、幼児扱いされると、人はおのずとそれに迎合しようとする傾向があるものだ。

迎合というより同調しようとする優しさといったほうがいいのかもしれない。ちゃんと扱われると、ちゃんと対応しようと努力する。甘やかされれば甘えてみせる。人間とはそういうものなのではあるまいか。

私は童謡が嫌いではない。私は若い頃、童謡を書くことを生業《なりわい》としていた時期があった。『天城越え』の作詞者である大ヒットメーカー、故・吉岡治さんも若い頃は一緒に売れない童謡を書いていた貧乏詩人だった。幼い頃、母が口ずさんでいた童謡、抒情歌のたぐいは、私の記憶箱の深いところにそっとしまってある。

しかし、世の中にはさまざまなお年寄りがいらっしゃる。お年寄りのトリセツなどない。百人百様の高齢者が、それぞれ自分の意思にしたがって暮すことのできる施設など、望むほうが無理だろう。老いが問題なのではない。老後、つまり老いた後の生き方が難しいのだ。

狂ったリズムの日々

このところ睡眠のリズムが大乱調をきたして、困りはてている。

眠れないのではない。いわゆる不眠で悩んでいるのではないのだ。

問題は、眠る時刻である。それが乱れに乱れて、規則正しい「おそ寝おそ起き」のリズムが狂ってしまったのだ。

私はこの五十年余、朝まで徹夜で仕事をし、午後までベッドで眠る生活をつつがなく過ごしてきた。

「それは不健康な生活です。人間は日の出とともに目覚め、夜には眠るのが自然です。なんといっても、朝日を拝んで一日を始めるべきでしょう」

と、ある高僧は憂い顔でさとしてくださった。

「早寝早起き、これが一番ですよ」

「なるほど」

と、私は恐縮した顔で答えた。

「でも、私は毎朝、朝日を拝んでから寝てますから」

高僧は呆れたように首をふって、ため息をついた。

そうなのである。カーテンのすきまから朝日がさしこんでくると、私は万年筆をおいて背のびをする。それからゆっくり風呂につかって、バスタブの中で新聞や文庫本などを読む。湯からあがるときには、冷水のシャワーをあびる。

さらに水をコップ一杯飲んで、ベッドにもぐりこむ。時刻はすでに午前七時前後。燈りを消し、暗闇の中であれこれ空想にふけっているうちに、やがて眠りが訪れてくる。

七十歳を過ぎた頃から、途中で何度も目覚めるようになった。トイレにいって用を足し、ふたたび眠りにつく。頻尿の度合いは、加齢とともに増してきた。最近では三度ぐらい尿意をもよおして目が覚める。厄介なことではあるが、加齢による自然な過程であると諦めている。

目覚めるのは、午後の二時か三時。まあ、まともな人間の暮らし方ではない。ほとんど反社会的な生き方だと、自分で認めている。

困るのは、浮世の義理で午前中に出かけなければならない時だ。勝手気ままな文筆稼業でも、ひと月に一度か二度はそんなケースがある。しかし、きまりきったリズムでずっと生きていくというのも、問題があるのではないか。

健全な友人

時には変ったこともしなければならない、というのが、私の信念だ。

ある詩人の友人がいた。彼は早寝早起きの見本のような人だった。タバコやアルコールは勿論、コーヒーも飲まない。紅茶さえカフェインが含まれているからと避ける人だった。いつも規則正しい生活をして、こと眠りに関しては万全の注意を怠らなかった。朝は六時には起きて、かならず体操をする。

残念なことに、その健全な友人はかなり早く世を去った。彼のことを思い出すたびに、なんとなく申し訳ないような気がしてくるのである。

私はかねてから、自分の反社会的な生き方には、当然の報いがあるだろうと覚悟して暮らしてきた。いまでもそう思っている。こんな生活がいつまでも続くわけがないだろう、と。

しかし、この一、二週間、さらに事態は悪化した。「おそ寝おそ起き」の長年のリズムが突如、狂ってしまったのである。

きっかけは、朝を過ぎて昼を通りこし、夕方まで仕事をしてしまったことだった。その日、どうしても送らねばならない原稿があって、ベッドに入る時間が大幅に延びたのである。たぶん就寝したのは、夕日が沈む頃ではなかっただろうか。そして目覚めたときは、深夜の三時ごろだった。

午前三時に起きたところで、どうしようもない。NHKの「ラジオ深夜便」を聴いたり、風呂にはいったり、爪を切ったりしているうちに夜が明けた。

〽夜が明けたら　一番早い汽車に乗るのよ

などと、うろ憶えの浅川マキの歌を口ずさんでいるうちに、また眠くなった。しばらくうとうととして、やがて目覚めたのが午前十時。

朝か、昼か、はたまた

そこから五十年来の私の安定した睡眠のリズムが狂いはじめたのだ。時にはまったく眠らずに一昼夜、仕事をしている日がある。また何もせずにベッドの中で半醒半睡の一日を過ごす時もある、というわけで大混乱。

基本的に「おそ寝おそ起き」で安定していた私の生活のリズムが失われてしまったダメージは大きい。

「一日か二日、眠らずにがんばれば、バタンキューで眠ってしまうさ」

と、教えてくれる先輩作家もいたが、これも駄目。ダラダラとベッドの中にいると、二日でも三日でも眠ったり覚めたりの状態が続く。

こんなことは、一度もなかっただけに、対処の仕様がないのである。

「加齢による自然な不眠でしょうね」

と、編集者のKさんは言う。

「高齢の先生がたは、みんな睡眠薬を上手に使っておられます。そのお年で薬を無闇にこわがる必要はないと思いますけど」

あの作家はこう、この学者はどうのと、いろんな人の名前をあげて説明してくれた。

この原稿を書いている最中、閉め切った部屋の外でカラスの鳴き声がきこえた。いまは朝か、昼か、はたまた夜か。たしかめる意欲もなく、刻々と時間だけが過ぎてゆく。

勝ちに不思議の勝ちあり

さきごろ九州を襲った豪雨では河川が氾濫し、大きな被害をもたらした。鉄橋が激流で折れ、押し流される映像をテレビで見て言葉もなかった。自然の猛威とは恐ろしいものである。

以前、隠れ念仏の取材のために人吉地方を訪れた記憶があるだけに、汚泥にまみれた町の姿をニュースで見て、息をのむ思いがした。

若い頃、農業綜合誌のライターをやっていた時期がある。その取材で天竜川の氾濫のあとを取材したことがあった。〝暴れ天竜〟と呼ばれた急流の氾濫は、上流に作られたダムのせいだという声が多かったことを憶えている。

それにしても自然災害の多い国であることを実感させられることがしばしばだ。台風は年中行事のようなものだし、地震も必ずおきると予告されている。そんななかで何千年も生き続けてきた日本人の、しぶとさというか、たくましさというか、その生命力の持続には一体どういう心性が横たわっているのだろうか、などと柄にもないことを考えた。

新型コロナウイルスへの対応もそうだ。

「これは戦争だ」

と言った外国のリーダーが何人もいた。そして激烈なウイルスとの戦いがくりひろげられた。その結果は数字であきらかである。勝利した国などほとんどない。

〈勝ちに不思議の勝ちあり、負けに不思議の負けなし〉

とは故・野村監督で有名になった名言だが、コロナ戦争第一ラウンドの日本は、〈不思議な勝ち〉をしたと世界各国から評価された。「日本の奇蹟」などと呼ばれたりもした。日本よりもっと優れた対応をしたアジア諸国もあったが、これだけの人口をもつ近代国家としては、まずまずのスタートだったと評価する人も多い。

その理由について、いろんな説が頻出したのはご存知の通りである。

「他の国よりも民度が高い」

という意見もあったが、はたしてどうか。

ファースト・ステージ

私の感想を言えば、日本はコロナと戦ってはいないと思う。そもそも戦争という激しい敵対心も手段も持ちあわせていなかったのだ。関係者のかたがたの献身的な努力を無視するわけではないが、少なくとも国も国民も、戦争という強烈な闘争心で対決してはいなかった。

　見方によっては自然現象のように当初は受けとめていたのではなかったか。手洗いの励行とマスクの着用、不要不急の外出の自粛、といった国民の協力である。

　治療現場での必死の努力は、国民全体が拍手したってし足りないくらいだろう。ブルーインパルスを一日飛ばしてすむようなことではない。当初、防護服や業務用マスクが不足したことなどは、産業界の恥であると言っていい。

　私の言いたいことは、ファースト・ステージの被害が比較的少なかったことを外国からほめられて、いい気になってはいけない、ということだ。

　コロナウイルスは、二枚腰、三枚腰である。ブラジルをはじめ中南米諸国の数字は、おそらく強いバイアスがかかっている。インドもそうだ。ジョンズ・ホプキンス大学のまとめた数字だけを頼りにしているわけにはいかないだろう。

　これまでのところ、私たち日本国はコロナウイルスと戦って勝利したわけではない。

「今年の台風は意外に被害が少なかったね」

と、いった感じだ。本土決戦まではいたっていないのである。

忘れた頃にやってくるもの

　私たち日本人は、自然と和して暮してきた民族だ。自然を敵として、絶対に押さえ込んでやるぞ、と対決する姿勢で生きてきたのではない。歴史をふり返ってみれば、いくつかの例外はあるだろう。しかし、一般の日本人の意識は自然に対して、戦争を挑む姿勢ではない。

　しかし、日本は地震国でもある。地震と戦って勝てるか。だれが考えてもそれは不可能だ。せいぜい予知のシステムを充実させるくらいだろう。

　しかし、それでいて大都市には高層ビルがニョキニョキと乱立している。地下街も次々に拡大しつつある。河川の氾濫で水びたしになるハザードマップを見てみると、東京など半分くらいがあぶない色で染めわけられている。そういった大災害と戦うことはできるだろうか。それは不可能だ。せいぜい自衛するくらいだろう。戦争をしかけて制圧する、などということは無理なのだ。

　阪神・淡路大震災の傷も、東日本大震災の被害も、まだ癒えないままに新しい災害が襲ってくる国土に私たちは生きてきた。そしてこれからも生きていくのだ。

　数年前までは私も、枕元に非常用の靴とバッグを置いて寝ていた。いまはない。いつのまにかどこかへいってしまったのだ。そういう時期が危ない、と誰もがいう。緊急の準備おさおさ怠りないあいだは、何もおこらない。いつのまにかそれをやめたときが問題なのだ、と。

　すなわち「天災は忘れた頃にやってくる」のである。

せっせと手洗いをして、マスクをかけ、外出をひかえているあいだは、まず何とかなるだろう。それを忘れて調子にのったときがあぶないのだ。この先、なにがおこるかは誰にもわからない。この国に住んでいる以上は。

記憶は走馬燈のように

年をとって衰えていくのは、目、歯、摩羅、などと言うが、順番が逆ではあるまいか。

視力というのは案外もつものである。白内障とか緑内障などで大変なかたもいらっしゃると思うが、一般に目はかなり長もちするようだ。私の場合も、老眼鏡でなんとかなっている。

最近は老眼鏡と言わずにリーディング・グラスなどと称するらしいが、そのうち眼鏡も必要なくなるのかもしれない。直接、目の中にレンズを入れるような技術が実用化されているようだ。

高齢者にとって本を読むことは最後の楽しみである。目だけは長もちしてほしいと願わずにはいられない。

目で問題なのは、視力よりも涙腺のほうである。なぜか悲しくもないのに涙がこぼれたりするのだ。

講演中に突然、頬に涙がつたって流れることがある。先日も柳田国男の『涕泣史談《ていきゅうしだん》』のことを話していたら不意に涙がでてきた。老化による生理的な反応の一つである。前の席

の人が見ていたら、自分の話に感動して泣きだしたように思われたかもしれない。母親の思い出話でもすればよかったのに残念なことをした。

　確実に低下したのは、動体視力のほうである。

　昔は新幹線のひかりに乗っていて、通過駅の駅名標がはっきりと読めたのだ。それが六十を過ぎたあたりから、スッと流れて明瞭に確認できなくなってきた。私が車のハンドルを握らなくなったのは、それがきっかけの一つである。

　老眼のほうは不思議なもので、二十年ほど前に作った老眼鏡がまだ使えるのでありがたい。老眼の度合いは、あるところまで進むと、その辺で止まるのだろうか。なんとか最後までもって欲しいと願うばかりだ。

記憶のカオス

　しかし失敗もないわけではない。先週、寒い日にタクシーを拾った。深夜で、六百何十円かだったので、千円札をだし「釣りはいいよ」と恰好つけて降りようとしたら、

「ほんとにいいんですか？」

と、きく。よく見ると五千円札だった。

「うーん、やっぱりなあ」

とかなんとかわけのわからぬことを口走りながら、千円札ととりかえる。

「お金は大事にしなくちゃね」

と、ドライバー氏に言われて、身がすくむ思いがした。

目、歯、などよりも心配なのは、オツムのほうである。いろんな人の名前が、なかなか憶えられない。そのくせヒフミンだのメドベデワだのという名前が、しっかり頭にこびりついているのはどういうわけか。

思うに古い記憶が頭の中に一杯につまっているために、新しい言葉がはいる余地がないのではあるまいか。

戦前、戦中の軍歌、国民歌にはじまって「教育勅語」「青少年学徒ニ賜ハリタル勅語」「軍人勅諭」「戦陣訓」などなど、昔の記憶がぎっしり残っているのだ。

メタン、エタン、プロパン、ブタン、ペンタン、ヘキサン、ヘプタン、オクタン、ノナン、デカン——。いったいこれはなんなのだ。

ヤー、メニャー、ムニェ、メニャー、ムノーユ、アバムニェ。

佐渡へ佐渡へと草木もなびく
　佐渡は居よいか住みよいか
唄で知られた佐渡ヶ島
寄せては返す　浪の音

記憶のカオスは終りなく続く。これらの中に新しい固有名詞を割り込ませようというのは、どだい無理な話だ。

京都の謎

「どうも。おひさしぶりです」

と、挨拶されて、

「いや、どうも。お元気そうですね」

「おかげさまで。まあ、なんとかやっております」

「じゃあ、またそのうちに」

などと適当な言葉をかわしながら、相手の名前が出てこないこともしばしばある。

そういえば、私のロシア語の先生であった横田瑞穂さんの、何かのお祝いの会で井伏鱒二さんにご挨拶したことがあった。

壁際の席にぽつねんと坐っておられたので近づいていって、

「イツキヒロユキです。ご無沙汰しています」

と頭をさげたら、

「きみの名前ぐらい憶えているさ。ぼくはまだボケちゃいない」

と、つよい口調でおっしゃったのであわてたことがあった。その前に文芸雑誌で対談をしたときに、しきりに人の名前が出てこないとこぼされていたので、つい大袈裟に名乗ってしまったのだった。

その後、私がしばらく仕事を休んで京都に移ったとき、井伏さんから葉書をいただいたことがある。

文中に、

「京都は○《ナントカ》が悪いから気をつけるように」

といった一節があって、その中の一字がにじんで読めなかった。

親しい編集者に見せると、それぞれ勝手なことを言う。

「これは、水、という字だね」

と断言する者もおり、ある編集長は、自信たっぷりに、

「女、だな。おれにはおぼえがある」

結局、いまだに謎のままになっていて解読できていない。

第2章　ノスタルジーの力

「一《いち》言《ごん》一《いち》会《え》」の人びと

ある雑誌、というのは「中央公論」というお固い綜合雑誌のことだが、その雑誌に、しばらく気軽なエッセイを連載していた。エッセイというにはいささか格調に欠ける、思い出話のような雑文である。

その題が『一期《いちご》一会《いちえ》の人びと』だった。一生に一度、それも一瞬のすれちがいみたいな出会い方をした著名人についての回想である。

ミック・ジャガーとか、ロレンス・ダレルとか、フランソワーズ・サガンとか、ゴルバチョフとかその他いろんな人たちのことを書いた。それぞれ一生に一度の出会いである。フランシス・コッポラや、キース・リチャーズなども一期一会だ。例外は、二度会ったジャンヌ・モローである。それも二十年の時をへだてて取材で再会したのだから、奇縁としかいいようがない。

二度目に会ったとき、同行したカメラマンが二十年前と同人物であったことに向うも驚いていた。

〈一期一会〉

というのは、私の好きな言葉の一つである。何十年もつきあっていて印象の薄い人もいれば、一瞬の出会いが生涯の記憶として残る人もいる。しかし一期一会とはいっても、取材や対談などで会う場合は、それなりの時間を共有することになる。一緒にグラビアの撮影をしたり、食事をしたりすればなおさらだ。

そういう仕事がらみではなく、本当に一瞬すれちがっただけでも、忘れられない印象が刻まれる場合もないわけではない。

ふと頭に浮かんだのは、『一期一会』ならぬ『一言一会』というフレーズだ。

私がデビューしてしばらくたった頃、文藝春秋社の廊下で、今東光《こんとうこう》さんとお会いしたことがあった。半世紀ちかくも前の話である。

大股でずかずかと歩いてくる坊主頭の人物がいた。あたりを払う偉容というか、あまりにも堂々とした歩きぶりに気押されて、私が廊下の端に寄ると、すれちがいざまに大声で、

「いくら髪の毛が沢山あるからったって、そんなに長くのばすことはねえだろ、おい」

あっ、と思ったときには、もう通り過ぎてしまっていた。

長髪の季節

私は今さんの青春回顧のエッセイを愛読していて、ファンの一人だったから、びっくりすると同時に嬉しくもあった。私を新人作家の一人として認識してくれているように感じ

たからである。

思えば当時は長髪の季節だった。フォーク・ソングのグループをはじめ、俳優も、編集者も、みな肩まである長髪を揺らして議論しあっていたものである。

当時の写真を見ると、私もむさ苦しい長髪だ。しかもほとんど洗うことがなかったから、臭気芬々《ふんぷん》たる新人作家であったにちがいない。

今東光さんのすれちがいざまの一言には、文壇の先輩からの屈折した励ましのメッセージがこめられていたように思う。

「期待してるよ。がんばりたまえ」

などとは口が曲がっても言わない。選評で褒めても、顔を合わせれば辛辣な言葉を投げつける。それが現役作家の心意気なのだ。

晩年の石坂洋次郎さんは、かなりおつむがソフトになっておられた。私の顔さえ見れば、

「やあ、五木ひろしくん」

と言われる。

「五木ヒロユキです」

と訂正すると、

「やあ、失敬、失敬」

と、苦笑なさるのだが、またしばらくすると「五木ひろしくん」と声をかけてこられる。

中学、高校と、ずっと石坂さんの『若い人』を愛読していて、一時は女子校の教師になりたいと夢見た私にとって、石坂洋次郎という作家は特別の存在だった。

身のすくむ思い

文壇ゴルフの会では、なぜか一緒の組になることが多かった。石坂さんのご指命だったらしいが、嬉しくもあり、大変でもあった。

晩年のこととて砲台グリーンなどではお尻を押してさしあげなければならない。それよりも困るのは、プレー中に、

「五木ひろしくん、ちょっと」

と、囁かれることである。それと察して、ＯＢゾーンの茂みの中にお連れする。体でガードして、林間一滴の露を払うのが私のお役目。

これは司馬遼太郎さんから直接うかがった話だが、ある文学賞の選考会の後の雑談の席で、石坂さんが司馬さんに向かって、

「きみの『青春の門』は、なかなかおもしろいね」

と、言われたそうだ。

その話をきいて、私は身のすくむ思いだった。

「それで、司馬さんはなんと――」

「いや、仕方がないから、どうも有難うございます、と礼を言っておいたよ」

「も、もうしわけ、ありません」

「いや、あなたが謝らなくてもいいよ」

司馬さんの度量の大きさに感動しつつも、恐縮のあまり平身低頭したことを思い出す。

八十歳を過ぎると、三人に一人は初期のアルツハイマーの症状を呈するようになるという。私もそのうち北方謙三さんに、

「あなたの『新宿鮫』は、なかなかおもしろいね」

などと言ったりするかもしれない。そのときは、おだやかに受け流してくれるよう、いまからお願いしておかねば。

逝きし人の歌声

今年も多くの人々が世を去った。

秋から冬にかけての季節には、ことに訃報が多い。そんななかでも、野坂昭如の死は、ことさら骨身にしみるものだった。

文壇に登場したのは、彼のほうが何年か早い。私がまだ作家デビューする前で、テレビやレコードの仕事をチマチマやっていた頃のことだ。『エロ事師たち』という作品を読んで、文字どおり瞠目した記憶がある。

デビューしたのは彼のほうが先だが、直木賞をもらったのは、私が早かった。小説を書きだす前に、ＣＭソングや放送の仕事をしていたこともあって、お互いになんとなく同期の桜的な気分があった。作風も処世のスタイルも全然正反対で、かえってそこが面白かったのかもしれない。最初のころは結構よくつきあったものだった。

あれはいつごろのことだったのだろう。彼が世話役をつとめる物書きや編集者の会があって、一夕、吉原で呑み会をやったことがある。いろんな連中がそれぞれの芸を披露しあい、座が盛り上ったところで、私にお鉢が回ってきた。

新潮社
新刊案内

2021 **3** 月刊

正欲

生き延びるために手を組みませんか——いびつで孤独な魂が奇跡のように巡り遭う。あなたの想像力の外側を行く、気迫の書下ろし長篇。

朝井リョウ

3月26日発売
●1700円

333063-9

沙林 偽りの王国

信じる心が嘘と虚像に翻弄され起きた平成最悪の事件《テロ》。医師であり小説家である著者にしか描きえない「オウム」の全貌《すべて》。書下ろし巨編。

帚木蓬生

3月26日発売
●2100円

331425-7

2021年3月新刊

あの夏の正解

早見和真

2020年、新型コロナ拡大により選抜に続いて夏の甲子園も中止。夢を奪われた強豪校の球児と指導者は何を思い、どう行動したのか。

3月17日発売
●1400円

336153-4

最もスリリングな医学エンターテインメント

ペインレス 上 私の痛みを抱いて 下 あなたの愛を殺して　天童荒太

心に痛みを感じない医師・野宮万浬は、その男を愛することができるのか。天童荒太の代表作、全面改訂による文庫完全版。

●各670円　145717-8,18-5

シリーズ累計19万部突破！

いっちみち ―乃南アサ短編傑作選―　乃南アサ

温かくて、滑稽で、残酷で……。「家族」は人生最大のミステリー！　単行本未収録作品も加えた文庫オリジナル短編アンソロジー。

●670円　142559-7

まるで結婚や夫婦の教科書。――芸人・友近さん（解説より）

ふたりぐらし　桜木紫乃

四十歳の夫と、三十五歳の妻。将来の見えない生活を重ね、夫婦が夫婦になっていく――夫と妻の視点を交互に綴る、連作短編集。

●590円　125484-5

わたし、定時で帰ります。2 ―打倒！パワハラ企業編―　朱野帰子

トラブルメーカーばかりの新人教育に疲弊中の東山結衣だが、時代錯誤なパワハラ企業と対峙する羽目に！　大人気お仕事小説第二弾。

●750円　100462-4

新潮文庫 3月の新刊

※表示の価格には消費税が含まれておりません。出版社コードは978-4-10です。

出版禁止 死刑囚の歌　長江俊和

本当の「鬼畜」は誰だ？　二つの凄惨な事件が、「31文字の謎」でリンクする！　悪意の連鎖が怖すぎる《出版禁止シリーズ》最新作！

●710円　120743-8

春待ち雑貨店 ぷらんたん　岡崎琢磨

京都にある小さなアクセサリーショップには、悩みを抱えた人々が日々訪れる。一人ひとりに寄り添い謎を解く癒しの連作ミステリー。

●590円　102561-2

結婚のためなら死んでもいい　南 綾子

わたしと結婚してもいいって人、ひとりもいないの？　え、うそ。マジで？　孤独すぎて死ねる、究極のひとりぼっち小説！

●670円　102581-0

4月、連続テレビドラマ化！

生きるとか死ぬとか父親とか　ジェーン・スー

母を亡くし二十年。ただ二人の肉親である父と私は、家族をやり直せるだろうか。入り混じる愛憎が胸を打つ、父と娘の本当の物語。

●[illegible]円　102541-4

生き延びるために、手を
いびつで孤独
奇跡のように巡り

正欲

朝井リ

あってはならない感情なん
それはつまり、いてはいけな
この世にいないとい
共感を呼ぶ傑作か？　目を背け
絶望から始まる

あなたの想像力の
作家生活10周年記念、気迫の

▼3月26日発売◎1700円
978-4-10-333063-9

日本ファンタジーノベル大賞2020　優秀賞

迷子の龍は夜明けを待ちわびる

少年の消えたその山で、私は私の運命と出会う――。訪れた屋敷には、ある家族を襲った哀しい事件の真相と天空族の秘密が眠っていた。

岸本惟
●3月17日発売
1550円
353911-7

令和元年のテロリズム

磯部涼
●3月26日発売
1700円
353871-4

は978-4-10です。

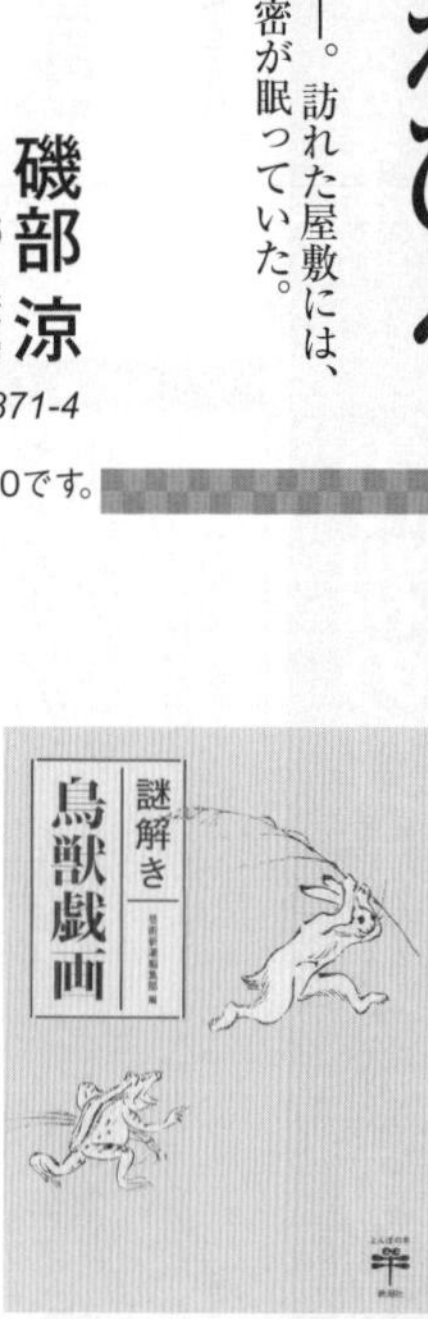

芸術新潮編集部編
●3月26日発売
2000円

ウサギやカエルたちが戯れる人気の国宝絵巻は、謎の多さでもピカ一。知られざる見どころを隅から隅までたっぷり紹介。全巻全場面一気見できる特別折込付き。

□ご注文について

私はふだんは酒を飲まない。宴会とか、そういう席にもあまり縁がないので、まったく無芸の人間である。一度、出版社の宴席に呼ばれたとき、先輩の大作家たちの前で何かやれといわれて困惑したことがあった。仕方なしに、戦争中に海洋少年団でおぼえた手旗信号をやった。高級料亭のお座敷にはぜんぜん不似合いの芸で、

「近頃の新人はなんじゃ」

と、芸達者な先輩作家たちが舌打ちするさまに冷汗をかいたことがある。

その吉原の会のときも、披露する芸というものがないのでもじもじしていると、

「なんでもいいからやれよ」

と、横から野坂氏にせかされて、仕方なく朗詠をやった。和歌に節をつけてうたう古くさい芸である。子供のころ、父親から強制的に仕込まれたのが、詩吟と和歌の朗詠だったのだ。

偽善と偽悪

〽山鳥のほろほろと鳴く声きけば

私が腹に力を入れてその歌を朗唱すると、それまで盛り上っていた一座の空気がどっとしらけはてて、うたい終ったあと部屋がしんと静まり返ってしまったのだ。

しばらくあって、野坂氏が、

「ま、五木寛之というのは、こういう男ですから」

と、とりなすようにいってくれて、ようやく笑い声がおこった。その後は、二度とその会には呼ばれなかった。

それでも彼とは「話の特集」の編集室などで毎月のように会い、歯に衣を着せぬ露骨なお喋りを続けた。その頃はすでに、私が偽善、彼が偽悪の役を意識して演じる暗黙の了解があって、

「そっちのほうが大変だよなあ。よほどタフでないと続かないんじゃないか」

などと、しきりに気づかってくれたりもしたものである。

『黒の舟唄』がヒットして一世を風靡した頃、酔っぱらった彼が、

〽野坂と五木のあいだには
　深くて暗い河がある

と、うたった事があった。

〽エンヤコラ　今夜も文《ふみ》を書く

と、いうのが最後の文句だった。

『黒の舟唄』も『マリリン・モンロー・ノー・リターン』も傑作だが、彼がときおり口ずさんでいた炭鉱の数え唄のほうが私には印象が深い。

正しい題名はなんというのか、よくわからないが、『ぼんぼ子守唄』と勝手に呼んでいた。

〽ひとつ　昼間する
　炭鉱のぼんぼよ

と、数え唄が延々と続く。

〽ななつ　泣いてする
　別れのぼんぼよ

途中いささか大声ではうたいづらい文句が続くが、メロディーになんともいえない味があって私は好きだった。

あられもない事をいったり、やらかしたりしていても、野坂昭如という人には生来、ノーブルなところがあった。酒に酔っているときには、

「五木、おまえは――」

といい、シラフのときには、

「五木さん、あなたは――」

という。本当は折目正しい、そっちのほうが本質だろう。

野坂がいたから

いまは入手困難だと思うが、彼との対話を集めた『対論』という本がある。

野坂昭如の素顔などというものがあるのか無いのかわからないけれど、「戦争に反対するヒューマンな作家」というマスコミのイメージしか知らない最近の読者が、これを読んだら、びっくり仰天するかもしれない。

野坂昭如がいる、ということで私は仕事を続けてくることができたとあらためて思う。そういう存在にめぐまれたことは、私の幸せであった。彼と反対の方向へ歩いていけばいいのだ、と自分に言いきかせていたからである。

『骨餓《ほねが》身峠《みとうげ》死人葛《ほとけかずら》』『あゝ水銀大軟膏《だいなんこう》』などなど、往事の彼の傑作の題名が、走馬燈のように頭の奥を通りすぎる。野坂昭如ノー・リターン。

作家の歌声は永遠《とわ》に

私が深夜のラジオ番組にかかわるようになってから、一体どれくらいたつだろう。

以前、ＴＢＳラジオで「五木寛之の夜」という番組を二十五年やった。それが終ると、ＮＨＫの「ラジオ深夜便」がはじまった。何度か看板を替えながら、いまも続いている。『聴き語り　昭和の名曲』というシリーズがそれだ。

毎回、楽しみながら趣向をこらして番組をつくってきた。企画の段階でスタッフと、ああでもない、こうでもない、と議論しながら内容をまとめていく時間が、なんともいえず楽しいのである。

ディレクターや選曲のスタッフにも、昭和の流行歌・歌謡曲にめっぽうくわしいベテランがそろっているので、毎回、話が盛りあがる。仕事というより、楽しみでやっているような感じなのだ。

昨夜、録音した七月放送の回は、手前味噌になるが、とびきり変った趣向の番組である。これまで一度もなかった大胆な構成で、ぜひ皆さんに聴いていただきたいと思う。

私がその企画を提案したとき、関係者全員が半信半疑のていだった。

「アイデアはおもしろいけど、はたして素材がそろいますかね」

と、いう声がもっぱらだったのである。しかし、私にはとっておきの隠し球があったのだ。

『歌う作家たち』というのが、その回の特集のタイトルである。

番組の中で紹介する歌は五曲。

と、なると五人の「歌う作家」をリスト・アップしなければならない。しかもちゃんとしたレーベルからレコードが発売されていることが条件である。

番組のトップバッターは、文豪、三島由紀夫。

私はあるとき偶然に三島さんの歌をきいてびっくり仰天した。それがアマチュアの仕事ではなく、キングレコードから発売され、大映映画の主題歌としても使われたプロフェッショナルな作品だったからである。

タイトルは『からっ風野郎』。

歌詞は三島さん自身が書いている。それに加えて、なんと作曲が『楢山節考』の深沢七郎さんなのだ。

三島・石原の競演

「人でなしでも　人の子さ」とか、「惚れはさせるが　惚れはせぬ」とか、「ハジキの風

ドスの風」とか、指定暴力団の抗争を思わせるような歌詞のあいだに、
「からっ風野郎！」
という凄味をきかせたセリフがはさまる凝った曲である。まあ、歌手名を知らずにきけば、いっぷう変ったヤクザ歌謡といったおもむきの流行歌だ。

興味ぶかいのは、決して一流作家の遊びごころなどという歌ではなく、本気でとり組んでいる気配がひしひしと伝わってくるところだろう。B面が春日八郎の『東京モナリザ』というのも乙だ。

二曲目は、ぐっと都会的なラテン・リズムのデュエット歌謡である。タイトルは『夏の終わり』。

作詞・作曲、ともに石原慎太郎氏。歌唱はなんと慎太郎／ペギー葉山のゴールデンコンビだ。

ジャケットのツーショットには、青春の香りが漂っている。ああ、当時はペギーさんも『太陽の季節』の作家も、若かった。

〽夏の終わりに
浜辺に捨てられた　ストローハット
破れ果てた　僕らの恋のイメージ

もう帰っては来ない　くちづけも夢も
いいじゃないか　いいじゃないの
どうせ小さな　恋だもの

歌は裕次郎とくらべても遜色がないくらいにいい。弟の情感に対して、兄貴の知性のほうがきわだっている。いっしょに収録されている平岡精二作詞・作曲『あいつ』の歌唱は、そのままプロで通用する出来だ。これは決してヨイショではない。

発売はこれもキングレコード。

オオトリは野坂昭如

さて、三島、石原と続いて、三番目は戸川昌子さん。

これは歌う作家というよりも、書く歌い手といった感じ。彼女が小さな店でうたっていた頃、私はレコード会社の人をつれて、スカウトに行ったことがある。彼女の経営する『青い部屋』というシャンソン酒場には、北原武夫さんなど、往時の流行作家の顔が数多く見られたものだった。

『失くした愛』というアルバムに私が書いた文章がのっているのを、何十年ぶりかで見てびっくりした。すっかり忘れてしまっていたのだ。その文章は、こんなキザな書き出しで始まっている。

〈昨年、ブラジルから帰ってきた数時間後に戸川さんのシャンソンを聞いた。リオで、いわゆるサンバ・カンソンの凄いやつをたっぷり聴いてきたばかりの私の耳に、彼女のうたう〈金曜日の晩に〉のフレーズが、少しも色褪せてきこえなかった事は、正直に言って驚くべきことのように思われた。(後略)〉

　四曲目が新井満さんの『ワインカラーのときめき』。阿久悠・森田公一のコンビの傑作を、若い新井さんが見事にうたいこなしている。『千の風になって』だけしか知らない世代には、驚きだろう。

　オオトリは、これ以外にはあるまい。故・野坂昭如のうたう『マリリン・モンロー・ノー・リターン』。

　歌う作家たちが少くなった。ちょっとさびしい。

ペギー葉山さんのことなど

一枚の写真がある。

五十年あまり昔の古い写真だ。

胸にリボンをつけた私が写っている。たぶん三十四歳のときの私である。若い。痩せていて、貧相な感じだ。

場所は第一ホテル。

芥川賞・直木賞の受賞パーティーの会場でのスナップ写真である。当時は今とちがって、芥川賞・直木賞のパーティーは第一ホテルで催されていたのだ。

私に笑顔で話しかけている細面《ほそおもて》の紳士は、先輩作家の有馬《ありま》頼義《よりちか》さんである。

有馬さんは私が新人賞をもらったときの選考委員のお一人だった。世が世なら有馬のお殿様だ。旧久留米藩主有馬家の第十六代目だから、筑後出身の私なんぞは土下座して拝謁《はいえつ》すべき立場である。作家稼業に身をやつしておられても、その風格はあたりを払うものがあった。私が阿佐田哲也こと色川武大、高井有一、後藤明生、立松和平などの書き手と知り合ったのも、有馬さんのお宅でのことだった。

その有馬さんと私との会話を、口をへの字に結んで冷然と眺めている顔がある。シバレンこと柴田錬三郎さんである。歴史小説、時代小説、現代小説とジャンルを問わず書きまくった超流行作家だった。「週刊新潮」の『眠狂四郎』シリーズは、大ブームを巻きおこしたものである。

柴田さんは新人賞、直木賞、ともに選考委員として私を推してくださった先輩作家だった。剣豪作家に似合わず西洋ふうのダンディで、服や靴など、えらく凝ったものを身につけておられた。

そのむこうに松本清張さんの横顔が写っている。私は松本さんの初期の私小説ふうのつつましい作品が好きで、勝手にそんなイメージを作りあげていた。それだけにはじめてお会いしたとき、いきなり、「ぼくは日本のＨ・Ｇ・ウェルズをめざしているんだ」と言われて、のけぞった記憶がある。しかし、最近、小説以外のいろんな作品を再読して、まさしくそういう存在のような気がしてきた。

『傷だらけのギター』

さて、そんな男性たちをさしおいて、いちばん手前に大きく写っている女性がいる。ポップな髪型の華やかな女性である。

それが若き日のペギー葉山嬢だった。若いといっても、すでに三十路《みそじ》にはなっていただろう。しかし、やはり若い。丸顔で、ちょっと頬っぺたがふくらんで、愛嬌のある顔立ちだ。

その写真は、ペギーさん自身が大きく伸ばして、パネルにして保存してくれていたものである。

「なんで君の受賞式にペギー葉山がきてるの？」

と、いろんな人からきかれた。五十年前のペギーさんは、すでに芥川賞・直木賞のパーティーの席でも大きな注目を集める存在だったのだ。

じつはペギーさんとは、私がＣＭソングライターの仕事をしている頃からのおつきあいだった。お酒のＣＭソングなど、いまでも時おり耳にすることがある。ペギーさんもその時代のことをよく憶えていて、何かの折りに顔を合わせると、あたりかまわず大声でその歌をうたったりされたものだ。

当時、大阪に新しいホールが誕生して、そこを舞台に日本製ミュージカル運動というものがおこった。大阪労音というマンモス組織がバックアップしてのムーブメントである。

安部公房とか、いろんな作家が実験的なミュージカルを書いて話題になったのも、その流れの一つだった。

どういう風の吹き回しか、若い私にもミュージカル台本執筆の依頼が舞いこんできた。大阪労音の機関誌などに、「艶歌ノート論」など生意気な文章をのせていたことが注目されたのかもしれない。

『夜明けのメロディー』

なにしろ私も若かった。すぐにプロレタリア作家の葉山嘉樹《よしき》の作品をもとに、ミュージカルの台本を作りあげた。『セメント樽の中の手紙』という、葉山の代表作の一つである。舞台のほうのタイトルは、主催者側の意向もあって、『傷だらけのギター』と、小林旭か赤木圭一郎主演ふうの題になった。

作曲は飯田三郎さん。『ここに幸あり』の作曲家である。

主演をだれにお願いするかということで、随分もめた記憶がある。私はペギー葉山さんと友竹正則さんの二人を推し、いろいろあった末にそれで決定した。

後でご本人から聞いて知ったのだが、そのときペギーさんは妊娠中だったのだそうだ。それにもかかわらず、急な傾斜の舞台セットを駆け上り、駆け降りして大変だったらしい。

それが五十年以上前の話である。その後、細く長いおつき合いが続いた。受賞パーティーに顔をだしてくださったのも、そのご縁だった。

数年前に、ＮＨＫの「ラジオ深夜便のうた」を書くことになり、私は迷わずペギーさんに歌をお願いした。詞を書く段階からペギーさんの人生をトレースするような歌にしようと決めていたのだ。

『夜明けのメロディー』というその歌を、ペギーさんはとても気に入ってくれた。ラジオのリスナーのかたがたにも好評だった。ペギーさんの訃報を伝えるどこかのテレビ局の番組の背後にそのメロディーが流れていたことで、あらためて五十年の歳月を思い返した。

昭和の人びとが次々と去っていく。

人のしぐさが変るとき

昔、故・ペギー葉山がうたっていた歌に『爪』という変った題名のバラードがあった。ある程度の年齢のかたなら、憶えていらっしゃるかもしれない。

〽もうよしなさい　悪い癖
　爪を噛むのは　よくないわ

と、いった調子の歌で、平岡精二さん作詞・作曲の名曲である。

小説のなかにも、ときどき爪を噛む人物がでてきたりする。私には爪を噛んだりする癖はないが、そのかわりに指をなめる癖があった。

文庫本のページをめくったりするときに、ちょっと指をなめる。指先をツバで濡らすと指先の引っかかりが良いのだ。

本だけでなく、いろんな場面で無意識に指をなめることが多かった。札束、といっても薄っぺらなものだが、紙幣を数えるときとか、さまざまな場面で指をなめる。

初対面の人と名刺の交換をするとき、重ねた名刺から一枚を引きだすのに手間取ることがある。年をとってくると、指の脂が抜けて滑りやすいのだ。そんなとき無意識にペロリと指をなめたりしてしまう。

先日、新聞を読んでいたら、この指なめについてのかなり大きな記事が出ていた。

「不潔だ」「汚い」「病気が心配」などと、若い女性たちからは総スカンである。たしかにその通りだ。インフルエンザの流行の折りから、唾から黴菌がうつらないとも限らない。

私の名刺の隅のほうを指先でつまんで受けとる女性がいたのは、そのせいだったのだ。個人的な嫌悪感からでないことがわかってほっとした。

〈よし、これからは絶対に指をなめたりはしないぞ〉

と、心に決めながら、その新聞の次のページをめくるときに、また指をなめている自分に気づく。癖とは、なかなか直らないものである。

いまは事務用品のなかに、指先を湿らせる道具もあるらしい。周囲を見回しても、だれひとり指をなめて本のページをめくる人はいない。そういう時代なのだ。

「噴パンもの」

考えてみると、現在ほとんど意味が通じなくなってしまった表現が周囲にはいくつもある。

「頭を掻く」

などというのも、その一つだろう。昔は失敗したり、ミスを指摘されたりすると、手で頭のてっぺんを掻いたものである。ごくルーティンの動作だった。

「いやぁ、すみません。私の失敗です」

などと、指で頭を掻く。かつては実際にそういう動作をしたのである。だから「彼は頭を掻いた」と書けば、その人物が恐縮している姿が目に浮かんだのだ。これは男の大半が坊主頭の時代だったから通用した表現だろう。男性化粧品で固めた髪だと掻くわけにはいかない。この言葉も、もう死語となったと言っていい。実際に生活の中で使用されなくなった身振りは、ほかにもいくつもある。

「噴飯《ふんぱん》もの」などというのも、その一つだろう。あまりのおかしさに、口中のものを噴きだしてしまうシーンは、今でもないわけではない。しかしパン食流行の最近なら、さしずめ「噴パンもの」と書かれそうだ。

「洟《はな》も引っかけない」

というのは、どういう意味か。頭から無視する、といった感じだとすると、洟を引っかけるとは注目にあたいするということだろうか。

「二本差し」というのは、昔の侍のことだろう。相撲の両差しのこともそういうらしい。それでは「二本棒」というのは何か。これは手もとの電子辞書にものっていない。

昔の子供たちは、青っ洟をたらしていた。戦後も地方の小学生たちの中には、そういう子が少くなかった。服の袖でそれを拭くから、両方の袖がテラテラと光っていた。鼻の下に青白い洟が二本、実際に垂れ下っていたのである。「洟垂れ小僧」というのは、リアルな表現だったのだ。

「首をかしげる」という言い方は、いまでも普通に使われる。実際に何かたずねられて、「うーん」と首を傾けたりするのは、よくある光景だ。腕組みして、首を傾けるというより、ちょっとひねる感じで思案する人も少くない。しかし、これにもお国柄がありそうだ。万国共通のポーズであるかどうかは疑わしい。

「舌打ちする」は、いまでもよく使われる表現である。たしかに昔は、チェッと音を立てて舌打ちするという場面を実際によく見かけた。「チェッ」といって、舌を鳴らす。残念なときとか、失敗したときとか、舌を鳴らす人が少くなかった。しかし、いまでは実際に舌を鳴らす人はほとんどいない。

涙は飲めるか？

「舌鼓《したつづみ》を打つ」というのも、言葉としてはあまり現実味がない。下手をするとペチャペチャ音を立てて物を食べているようで、舌鼓を上手に打つというのは至難の業だろう。

「涙を飲んで」は、いまでも多用される表現だが、実際に涙は飲めるものなのだろうか。

言葉と同様に、人の身振りとか、しぐさとかいうものも生きものである。時代が変れば動作や反応も変る。

柳田国男は『涕泣史談《ていきゅうしだん》』のなかで、「最近、日本人はあまり泣くことをしなくなったようだ」といった意味のことを述べていた。

時代とともにしぐさも変る。それにつれて表現も変っていく。最近、その大きな変り目に立ち合っているような気がしてならない。

美空ひばり嬢の『ともしび』

私が「ラジオ深夜便」という番組に出演しはじめたのは、いつ頃からのことだろうか。ひとつのシリーズが終ると、テーマとタイトルを変えて、もう十年以上も続けている。深夜というより、夜明けの三時、四時という時間帯のオンエアなので、いったい誰がそんな時刻に起きて聴いているのだろうと不思議に思っていた。ところが、これが意外というか驚きというか、思いがけず多くのリスナーがいらっしゃるようなのだ。ことに地方へいくと、見知らぬ人たちから、

「ラジオ深夜便、聴いてますよ」

と、声をかけられることがしばしばあって驚くことが多い。たぶん高齢のかたは目が覚めるのが、うんと早いのではあるまいか。夜の九時頃に眠りにつくと、夜が明ける前に目覚めてしまう。そうでなくても年をとると、若者のように春眠暁をおぼえず、というわけにはいかない。五、六時間の睡眠が一般的なのだ。眠るのにもエネルギーがいるのである。

そこで起きあがって何かしていると、家内の者に迷惑がかかる。仕方なく寝床の中でじ

っと考えごとにふけるというのも、いささか辛いものがありそうだ。

深夜というより暁闇にラジオを聴くというのは、そういったシチュエーションではあるまいか。燈りもつけずに、イヤホーンで聴くともなしに深夜の番組に耳を傾ける。それはそれで悪くない一刻かもしれない。

私が担当しているコーナーは、毎回、趣向を変え、歌をはさんでお喋りをするというのが定番である。九州訛りの聞き辛い私のトークを、相手役の女性アナが上手にカバーしてくれるので、なんとかやっていけるのだ。

ふつう歌の番組を聴いていると、〈戦後のヒット曲〉などという特集では、いつも決まった曲しかでてこないのが不満だった。おそらく担当のディレクターや構成者に、若い世代の人たちが多いことが原因だろう。戦後に流行した歌を探すときに、資料をひっくり返して歌の数合わせをするからではあるまいか。年表とか、そういう資料だと定番のタイトルしかでてこないのだ。

思い出の歌

〈昭和二十年代のヒット曲は、これこれか。なるほど。では——〉

と、いうわけで選曲ができあがる。だから〈戦後の思い出の歌〉などといえば、ほとんどが『リンゴの唄』か『買物ブギー』などの定番曲になってしまうのだ。

その点、昭和ヒトケタ世代といわれる私のような旧人類の唯一の取りえは、その時代の空気のなかで、その歌を聴き、歌ったということぐらいのものだ。

思い出のなかの懐しいメロディーは、資料や年表とはちがう。個人、個人でまたちがう。そのちがいが資料には反映しないから、「ふーん、なんだかなあ」となってしまうのだ。

たとえば私の場合だと、『買物ブギー』より『ミネソタの卵売り』などという変な題名の歌のほうが、はるかに強く記憶に残っている。『悲しき口笛』は名曲だが、個人的には『悲しき竹笛』のほうが思い入れが深い。『青い山脈』も悪くないが、個人的には、その後の映画の主題歌『山のかなたに』が好きだった。

皆と合唱するときは『異国の丘』だったが、ひとりしんみり口ずさむのは『ハバロフスク小唄』だった。

「思い出のメロディー」などの番組に、岡晴夫や近江俊郎の名前があまり出てこないのは、どういうわけだろう。

記録として残っているレコードの売上げ数とはまた別の、その時代の人の心に深くしみこんだ歌というものがあるのではないか。

うたごえ運動

話がそれてしまったが、深夜放送のことにもどすと、私は選曲の際に年表や資料に頼らないようにつとめている。はた目には独断と偏見にみちた構成のように見えるかもしれない。しかし、私は自分の個人的な体験と記憶のなかから、その時代の歌を拾いあげるようにしてきた。

先週、『うたごえの歌』を特集した。

『うたごえ』は、戦後の日本のまれにみる社会的な運動だった。『うたごえ運動』と称されるゆえんである。

その全盛期、クラシックの作曲家も、歌謡界のスターたちも、すすんでその運動に関心をよせている。当時のスタンダードナンバーだったソ連時代のロシア歌謡『ともしび』を、美空ひばりが歌っているのも、その時代の風を反映する好例だろう。彼女は当時の『うたごえ運動』の女帝ともいうべき関鑑子《せきあきこ》と対談までする熱の入れようだった。その歌を聴いて、私は思わず、うーんと唸った。その理由については、また別の機会に。

変るものと変らぬもの

元巨人軍コーチの荒川博氏の訃報をきいて、突然、六十年以上むかしの記憶が水中花のように（キザかな）よみがえった。

私が九州から上京して大学に進学したのは、一九五二年の春である。血のメーデー事件とか、日米安保条約とか大変な世相だったが、妙に活気があった時代のような気がする。生まれてはじめて大東京を目にした若者の、心の昂《たか》ぶりのせいだったのかもしれない。なにしろ見るもの聞くものが、すべて驚くことばかりだったからである。

美空ひばりの『リンゴ追分』がヒットし、ボクシングの白井義男が日本人初の世界チャンピオンになった年でもあった。

青春というのは不思議な季節である。「凄春《せいしゅん》」という字を当ててもいいし、ひそかに「性春《せいしゅん》」と思ったりもする。今にしては考えられないような矛盾したことが、実際にありえた季節なのだ。

まず、徹底的に貧しかった。その日の宿賃さえ払えずに、大学の近くの神社の床下にもぐりこんで寝たくらいだ。早稲田の穴八幡神社である。

先日、何十年ぶりかで大学を訪れたとき、その穴八幡神社に詣でた。ちょっとしたお礼まいりのつもりだったのである。そのときのショックは、いまでも忘れることができない。かつて荒涼とした在地の神社だった穴八幡が、いまや京都や奈良の有名大社にもひけをとらない壮麗な神社に変貌していたからである。私は目をこすって、あらためて眺めたが、幻ではなかった。一瞬、早稲田のタヌキにでも化かされたのかと思ったほどだった。

聞けば開運の社稷《しゃしょく》として、また若い人たちの聖地《パワースポット》として、このところ大層な人気を集めている神社だそうだ。とてもとても、床下へもぐりこむどころか、アリの出口もないほどの立派な社殿である。

季節《とき》が流れる　城塞《おしろ》が見える、とランボーはうたったが、季節は流れる社《やしろ》も変る。戦後七十余年は、まさに夢まぼろしの如くなり、だ。

神宮球場

かつて大学の裏の道路の両側には、靴磨きの学生たちがずらりと並んで、通る連中に声をかけていた。磨くほうも学生なら、磨かせるのも学生である。いま格差の問題がかまびすしいが、学生の格差は当時のほうがひどかった。

そんななかで、変らぬものは昔の記憶ぐらいしかない。

荒川博という名前とともに、私の脳裏にまざまざと浮んできたのは、一九五〇年代の神宮球場の風景である。

どういう事情かわからないが、食うや食わずの大学生が、デモと野球には、しばしばでかけたものだった。自分の血を売ったりしながら、ジャズのライブハウスへも通っていたのだから、理屈に合わない。ムチャクチャな青春である。

神宮球場へいくと、金はなくともパッと心が晴れた。

センター岩本、ライト荒川、レフトに沼沢。ファースト上春、セカンド小森。

サードが山田で、ショートは広岡。

ピッチャーは石井と、アンダースローの福嶋で、キャッチャー川端。

立教には、長嶋がいた。慶応には藤田がいた。みんな大人びて、オッさんみたいにふてぶてしかった。その年にプロにいった末吉などは、八幡製鉄から早稲田へきたくらいだから、大人びていて当然である。当時の後輩選手たちを連れて戸塚の「源兵衛」で飲んでいる姿などは、まさにオッさんだった。鳥打帽なんかかぶり、後輩を引きつれてワイワイやっているのを、通りがかりに見た記憶がある。

当時は大学野球がやたら人気があって、切符がとれない試合もあったのだ。

そんななかで、荒川博という選手は、長嶋や広岡のようなスター選手ではなかったが、私は好きだった。

身長一六三センチと資料にでているが、本当だろうか。そんなに小柄な印象はなく、がっしりした体つきで、とてもいい外野手だった。

『チャンピオン日石』

私が大学を横に出てから何年かたち、ＣＭソングを書いていた頃、日本石油から応援歌の依頼があったことはいつか書いた。サトウハチローの応援歌は格調が高すぎるので、元気のいい新しい歌を作ってくれ、という話だった。

早速、私が書いたのは『チャンピオン日石』という、あまり音楽的ではない応援歌だったが、不思議なことにその後、都市対抗野球で日石が優勝したのである。その時の投手が、かつて慶応のエースとして活躍した藤田選手だったのは、なつかしい偶然だった。

先日、何十年ぶりかで訪れた大学の風景は、変ったところと変らぬところがあって、いろんな記憶がよみがえってきた。

タテカンなども目立たず、アジ演説をする学生たちの姿もない。

構内から戸塚へ抜ける通りは、今は小洒落た商店街である。

「高田牧舎」の店先には、ピザ窯《かま》があって、ずいぶんスマートな店になっていた。雰囲気のいい古書店もある。

ぞろぞろと歩いていく学生たちは、みな身綺麗で、ジェントルな感じだ。なにか白昼夢を見たような気分だった。五十年後、この大学はどんなふうに変っているのだろうか。

冗談の力はどこへ行った？

〽僕は特急の機関士で

という歌を知らない世代が多くなった。先日、若い編集者にそのことを歎いたら、

「ぼくも知りませんけど」

と、済まなそうな顔をされた。

「じゃあ、『田舎のバス』は？」

「すみません。聞いたことないです」

「じゃあ、これは？」

と、いって、

〽ワ、ワ、ワ、輪が三つ

と、うたってみせたが、けげんな顔をして首をかしげている。

「ぜんぶ三木トリローさんの作品なんだよ」
「はあ？」
と、まったく反応がない。仕方がないので、故・三木鶏郎氏についてざっと説明をした。一九四〇年代後半に、ＮＨＫラジオの、「日曜娯楽版」（のち「ユーモア劇場」と改称）などの番組で一世を風靡した音楽作家である。音楽作家という言葉はないが、ほかによびようがない。社会風刺を芯にして、作詞・作曲、番組構成、コント作家、プロデューサー、などなど、「三木鶏郎の時代」といっていいほどの活躍ぶりをみせた人だったのだ。

また、ＣＭソングの創始者であり、その世界の第一人者としても忘れることができない。文字どおりＣＭソング界のドンだったのである。

六〇年代にはいってもその才能はおとろえず、『鉄人28号』『ジャングル大帝』などのテーマソングを手がけている。

それだけではない。いわゆる三木トリロー・グループに集った若者たちの中から、雨後のタケノコのように新しい才能が開花した。五〇年代に創立された市ヶ谷の冗談工房は、あたかも民放創生期の梁山泊《りょうざんぱく》みたいなものだった。放送作家、音楽家、歌手、コピーライター、その他あらゆる才能がそこに集結していたのである。それは一種の奇跡といってもいいほどの光景だった。

「ユーモア劇場」

代表が若き日の故・永六輔さん。これは当然だ。永さんはトリロー一門の若頭というか、堂々たるエースだったからわかるけど、よくわからないのが経理担当の阿木由紀夫である。「アキさん」と仲間によばれていた経理兼マネージャーは、やがて野坂昭如として鮮烈な作家デビューをはたすことになる。

ここでいちいち名前をあげていたら、それだけでもページが埋まってしまうだろう。当時の熱気は、野坂昭如の『風狂の思想』（中央公論社刊）などにくわしい。

晩年、三木鶏郎ブームがなんとなく時代から後退したかのような印象があるのは、鶏郎さん自身の反時代的本能のせいかもしれない。

『三木鶏郎ブック』という一冊のパンフレット様の本がある。鶏郎さんの全仕事を展覧できる貴重な資料だが、そこに一九五四年三月の新聞記事が掲載されていて興味ぶかい。

〈ユーモア忘れたユーモア劇場〉

というタイトルの下に、

〈三木トリロー雲がくれ〉

という三段の見出しが躍っている。これは人気ラジオ番組「ユーモア劇場」の放送直前に、番組内容が急遽変更され、人気コーナーである『冗談音楽』などがカットされたというニュースである。それに関して作者の鶏郎さんが、突然、雲隠れしたことを報じたものだ。

〈内容の変更にびっくり〉

というのが「三木トリロー文芸部談」としてのっている。内容の変更を前日になって知らされてびっくりした、というコメントだ。

さらにＮＨＫ会長、古垣鉄郎氏談として、

「国会からの注意などはない。（中略）政治的感覚が必ずしも十分ではないと注意したことはある」

とあり、また政府与党側から橋本登美三郎氏が、

「野党的立場の内容が多過ぎるという声が党内の一部にあったことはある」

と述べており、「現在、野放し状態にあるラジオ放送全般に一応のメドをこしらえる必要があるが、報道の自由は新聞と同様、大事にしなければならない」、といった意見がそえられている。

『手鎖心中』

ピリッと諷刺のきいた発想をユーモアに包んで送りだすのが、コント作家としての三木鶏郎さんの持味だった。ＣＭソング界の帝王でありつつ、時代にかかわらずにいられなか

った気持ちが、番組内容の直前変更という事態に直面して、雲隠れという行動に走らせたのだろうか。

本質的に反体制的な作家ではないにせよ、諷刺という仕事はおのずと批評的なものである。クリティックとは、常にクライシスと隣り合わせにあるものだ。

この昔の新聞記事を読んで、ふと井上ひさしの『手鎖心中』という小説のことを思いだした。江戸時代の戯作者たちも、絶えずむずかしい時代の中を生きてきたのだろう。

いま、諷刺を核とする番組は、ほとんど見当らない。直接的な批判ではなく、からかわれた当人も苦笑せざるをえないようなユーモアというものこそ大事なのに。戦後の笑いの中から高度成長は生まれた。冗談の力というものは、どこかへ行ってしまったのだろうか。

一にケンコー、二にゲンコー

きのう古い手紙類やハガキを整理していたら、以前、石和《いさわ》鷹《たか》さんからもらったハガキがでてきた。

石和さんは、すでに故人となった小説家である。高名な文学雑誌の編集長として才腕をふるったのち、退職して書き手に転じた。

編集者から作家になった人は少なくないが、石和さんは本来的に小説家タイプだったような気がする。白いエナメルの靴をはいたりして、以前からとても堅気の編集者には見えなかった。書き手として脂の乗りかかった時に病に倒れたことが、惜しまれてならない。

出てきたハガキは、亡くなる一週間ほど前に届いたものだ。

できれば親鸞を書きたかった、思い残すことはそれだけです、と書いてあった。石和さんは暁烏敏《あけがらすはや》のことを書いていたから、それは納得できることだった。

石和さんは『野分酒場』という作品で、泉鏡花賞を受けている。とてもいい小説だったが、ほかにかなり強い候補作品があって、選考会はひどく難航した。私もその席に加わっており、石和さんを推していたのだが、何人かの選者がなかなか首を縦にふらない。

膠着状態のまま時間が過ぎていく。なんとなく気まずい雰囲気のなかで、故・三浦哲郎さんが、背中を丸めて、大きなため息をついた。

「この作品、いいと思うんだけどなあ。どうしても駄目ですか」

三浦さんは最初からつよく石和さんの『野分酒場』を推していたのである。

「うーん」

と、三浦さんは再び深々と長いため息をついた。しんと固まった空気のなかで、そのため息は妙に耳に残った。

そのとき、腕組みして天井を見あげていた吉行淳之介さんが口もとをほころばせていった。

「いまの三浦のため息には、実感があるなあ。ここはひとつ、そのため息に賭けて決断するか。二作受賞ということで」

他の候補作を推していた人たちも、納得したようにうなずいた。

その吉行さんも、三浦さんも、石和さんも、いまはいない。

「三浦のため息は、芸だね。説得力がある」

と、選考会のあとで吉行さんがいった。

『枯れすすき』

三浦哲郎さんは、高校時代、バスケットの選手だったという。相当な名門バスケット部だったらしい。いつか喫茶店でマイケル・ジョーダンの話をしだしたら、とまらなくなったことがあった。たぶん肺活量も相当なものだったにちがいない。いや、ため息の説得力は肺活量の問題ではないだろう。あのときの深く大きなため息には、百千の雄弁にもまさる重さがあったのだ。

その晩、三浦さんの歌をきいた。

「彼のうたう『昭和 枯れすすき』は、絶品だよ。古くさい歌は嫌いなんだが、三浦の『枯れすすき』だけはいい。いちどきいてみ給え」

と、かねて先輩作家にいわれていたのだが、なかなかその機会がなかったのだ。

選考会を終って食事のときに酒がでた。かなり気分よく酔ったらしい三浦さんに、私は歌をねだった。いや、いや、と手をふって首をふる三浦さんに、「きかせてくれよ。いいじゃないか」と、吉行さんがいった。

「じゃあ」

と、三浦さんは目を閉じてうたいだした。ものすごくスローな『枯れすすき』だったが、深いため息のような歌で、本当によかった。

その後、立松和平さんと対談をした折りに、石和さんの話になった。立松さんは石和さんが手術をして、声帯まで取ったときに病院に見舞いにいったという。

手術の直後だったらしいが、石和さんはニコニコして、ホワイトボードに何か文字を書き、それを立松さんに見せた。そこには、こんな文句が書かれていた。

「一にケンコー、二にゲンコー」

一に健康、二に原稿、とは元編集者らしい名言である。

そんなことを話して笑いあった立松さんも故人となった。

健康は命より大事、などと冗談をいいながら、だれもが原稿を優先していたのは、どういうわけだろう。健康のことなど気にしていて、いい作品が書けるか、などと昔の文学青年みたいなことをいう作家も、いまはあまりいない。しかし、よくよく考えてみれば、文章を書くことほどストレスのかかる仕事はなさそうだ。

『病牀《びょうしょう》六尺』

癌の最大の原因は、ストレスである、などという。もしそれが本当なら、小説家はみな癌で早世しなければならない。

たしかに明治、大正の作家たちは、若くして世を去っている。大家といわれた人たちも驚くほど若くして亡くなっている。

一に原稿、二に健康、という時代相だったのではあるまいか。

私は中年の頃、偏頭痛の発作で月に何度かは、死ぬ思いをした。そんな時には、正岡子規の『病牀六尺』を読むことにしていた。こんな苦しみを抱えて生きた人がいるのに、これしきの痛みがなんだ、と自分にいいきかせるのである。すると、気のせいか少し苦痛がやわらぐ感じがあった。

「一にケンコー、二にゲンコー」という言葉が、あらためて身にしみる今日このごろである。

小林秀雄、その側面の一面

私が大学にはいったのは昭和二十七年である。西暦でいうなら一九五二年だ。いわゆる〝血のメーデー事件〟のおこった年だったから、学内は騒然としていた。

当時は全学連はなやかなりし時代だった。全共闘はまだない。都学連のリーダーたちがしょっちゅう乗り込んできて授業を中断させ、教室でアジ演説をやる。教授は煙草を吸いながら、それを壁際で眺めていたりしていた。

当時、私たちの周辺でよく読まれていた評論家、批評家といえば、竹内好《よしみ》、荒《あら》正人、佐々木基一、花田清輝、埴谷雄高、島尾敏雄など「近代文学」系の人が多かった。私も本多秋五の『小林秀雄論』は読んだが、肝心の小林秀雄のものはちゃんと読んではいなかった。

「美術批評」という雑誌に書いていた東野《とうの》芳明《よしあき》、針生《はりう》一郎などの評論もよく読んだ。時代の風潮と仲間の影響もあったのだろう。

小林秀雄については、敬して遠ざけるという気配だった。ドストエフスキーに関する文章を読んだくらいで、なんとなく縁のない存在として感じられていたのである。

私がのちに小説を書くようになってから、何度か講演の仕事でご一緒する機会があった。夕方からの講演の時に、
「ぼくは早く帰って寝たいから、悪いが先に喋らせてもらえないか」
と言われて恐縮したことがある。新人の私の前座をやっていただくというのは、いかにも申訳ない感じがする。しかしお断わりするわけにもいかず「はい、わかりました」と答えた。いい機会だと思ったので、客席のうしろにもぐりこんで、お話をうかがうことにした。

淡々と、というか、飄々と、というか、さりげない語り口で、すこぶる粋な感じさえする話しぶりである。すこしも小難かしいところがない。ごく一般の聴衆向けの会だったから、あえて抽象的な文学談義を避けられたのだろうと思った。

人はオギャアと生まれた時から、死へ向かってとぼとぼと歩いていく旅人のようなものだ、といった話をされていたのが記憶に残っている。

横山兄弟の面目

それからかなり年月がたって、文壇のゴルフの会でときどき顔を合わせることがあった。

私はどちらかというと、偉い先輩作家と同席するのが得意ではなく、友達みたいに気軽

に声をかけてくれる横山隆一、泰三のお二人とつるむことが多かった。

あるとき泰三さんが、冗談めいた口調で、

「小林さんが逝きそうになった時は、ぼくが一番に駆けつけるつもりなんだ。兄貴が小林さんのゴルフのセットを狙ってるんで。ぼくが先に形見分けにもらう約束を小林さんからとりつけてるんだからね」

と、いたずらっぽく笑った。横山兄弟とはよほど親しかったのだろう。

いちど城山三郎さんとじつに愉快そうに喋っている小林さんを見たことがある。帰りに一緒の車の中で城山さんにそのことを言うと、城山さんは苦笑して、

「いや、ひょんなことから妙に親しくなってね。ある日、食堂で小林さんがなにか新聞の切り抜きを束にして、熱心に読んでいたんだ。小林さん、なにを読んでるんですかって声をかけたら、スポーツ紙の切り抜きでね。ベン・ホーガンの『モダン・ゴルフ』のダイジェスト版だったかな。それはもう本が出てますよ、なにもそんな切り抜きを読まなくっても、と言ったら、えっ、本当に本になってるのかい、って、口惜しそうな顔をされるんだ。それで手もとにありますからお送りしましょう、って、送ったら、えらく嬉《よろこ》ばれてね。それからぼくの顔を見ると、グリップがどうのと、しきりに話しかけてこられるんだよ、偉い批評家がまるで少年のようにね」

邪悪なる天才

昨夜、持田鋼一郎さんの『小林秀雄の近代』(「此岸」1号所載)を読んでいたら、小林さんが昭和十五年に、こんな文章を書いていることが、紹介されていた。ヒットラーの『わが闘争』について小林秀雄は、

〈僕はこの驚くべき独断の書を二十頁ほど読んで、もう一種邪悪なる天才のペンを感じた〉

昭和十五年といえば、日本では熱病のようなヒットラー人気が盛り上っている時代である。ベルリン・オリンピックではじめて聖火リレーを行ったのも、ヒットラーの演出だった。天才写真家、レニ・リーフェンシュタールの映像の魔術は、ヒットラーを神の地位にまで高めたのだ。『わが闘争』は、新時代のバイブルのように扱われていたのである。

また昭和十三年に満州を訪れ、満蒙開拓青少年義勇隊の訓練所についてその印象を、

〈此処にあるのは訓練ではない、単なる欠乏だ。物の欠乏が、精神の訓練を装つてゐるに過ぎない〉と書く。さらに軍と政府に対して、こう書いていることを持田さんは取り上げている。

〈国民の大部分が行つた事も見た事もない国で、宣戦もしないで、大戦争をやり、新政権

の樹立、文化工作、資源開発を同時に行ひ、国内では精神動員をやり経済統制をやり、といふ様な事態は、歴史始つて以来何処の国民も経験した事などありはしない〉

　この小林秀雄論を読んで、なにか自分が大きな勘違いをしていたのかもしれない、と、ふと思った。有難い評論である。

　人生百年時代、などという。まだおそくはない。今からでも小林秀雄を読んでみようか、などと妄想をふくらませる一夜だった。

世間とどう折り合うか

「我《が》を通す」という言い方がある。あくまで自分の意見に固執して、周囲の考えを受け入れないことをいう。

協調性がないということは、組織で働く人にとってはマイナスと見られることが多い。一匹狼というのは、個人事業者の特権だ。それだけに入社試験のときなどには、敬遠されることが多いのではあるまいか。

私は二十代の頃、すこぶる制約の多い仕事をしていた。発注者やクライアントの意向を百パーセント尊重しなければならない業界だった。まあ、その世界で一流の存在になれば、かなりの自由もきいただろう。しかし結局は主人持ちの仕事である。今でこそクリエイターとかコピーライターとか、ちゃんとした肩書きがつくが、半世紀前は組織の歯車の一つでしかなかった。

その反動だったのだろうか。小説を書いて本を出すようになってからは、かなり我を通してやってきたように思う。

ことに単行本に関しては、ほとんどの分野で自分の意見を主張した記憶がある。装幀や本文のレイアウト、はては広告や写真にまで口を出して顰蹙《ひんしゅく》を買ったものだ。三十代から四十代にかけての時期だった。物書きとしては生意気ざかりのシーズンである。しかし、結果的にそれは良かったと思う。自分でも納得のいく本ができたし、いろいろ反響もあったのだ。

しかし、ある年齢に達した頃から、そんな自己中心のやり方に疑問を感じるようになってきた。

「もっと大人にならなければ」

と思うようになってきたのである。そこで方針を転換して、半分は自分の意見を通し、あと半分は周囲や相手の考えを尊重してとり入れることにした。五十代から六十代の時期がそれにあたる。

さらに七十代にはいってからは、自分の意見は伏せておいて、もっぱら皆さんがたにおまかせすることにした。本人はそれで一種の自己満足をおぼえていたようだ。

「ああ、おれもようやく大人になったのだ」と。

初心に還る

このスタイルだと、仕事は当然のことながら流れるようにスムーズに進行する。意見の衝突で気まずい思いをすることもない。少々、首をひねるようなところがあっても、半眼でやり過ごす。

しかし、なにか物足りない思いがあったことは事実である。自分の本に対して薄情というか、どこか愛着がなくなったような感じがした。

そこで八十歳になった頃から、初心にもどろうと考えた。年をとると子供に還るというではないか。もう一度、若い頃の「我を通す」自分をとりかえしてもいいような気がしてきたのだ。

皆の意見をよく聞き、我見《がけん》を捨てて周囲と和やかに仕事をすすめる。それにこしたことはないが、しかし波風を立てるのもまた一つのエネルギーではあるまいかと思った。協調性も大事だろうが、世の中、平穏無事に運ぶだけがいいわけでもない。

そんなわけで、最近あちこちでギクシャクすることが少くない。自分の意見をはっきり言うようにしたのだ。しかし年をとって偏屈になったというのとは、少しちがうのだと自負するところがある。

「なるほど」

とか、

「そうですねえ」

と、上手に相槌を打っていれば、まあ、世の中はほぼスムーズに流れていくものだ。しかし、その結果は良くて八十点といったところだろう。百二十点を求めて八十点にとどまるのはいい。しかし、八十点を狙って八十点を取ったところでそこに感激はない。

孤独と孤立とはちがう

孤独という問題がクローズアップされたとき、それに関してしきりに質問を受けた。しかし、ほとんどの場合、孤独を孤立と混同しているように思われた。

「和して同ぜず」

本当の孤独とはそういうものだ、と、いくら説明してもなかなかわかってもらえなかった。

二人でいても孤独、大勢といても孤独。それが本当の孤独というものだろう。

若い頃、とてもお世話になった先輩作家に川口松太郎さんがいらした。私の『朱鷺《とき》の墓』を新派が上演したときに、川口さんがいろいろ応援してくださったのだ。

いつも明るくて闊達なかただった。丹羽文雄さんがどこかの席で、

「きょうはカワマッちゃんはこられないのか。あの人がいないと、会が暗くなっていけない」

と言われたことを憶えている。そこにいるだけで座が明るくなるようなお人柄だったのだ。

あるとき仲間の作家が、私に話してくれたことがある。

「山本夏彦さんがどこかに書いておられたんだが、あるとき川口さんが、こんなことを言われたというんだ。もし生まれ変りなんてものが本当にあるとしたら、おれはもう二度と人間になんか生まれたくねえや、と」

正確なところは忘れたが、おおむねそういう話だった。そのことがひどく心にこたえた。

あの川口さんの笑顔の背後に、どんな世界があったのだろうか。作家としては例外的に世間とかかわりあうことの多かった川口さんの心の片隅を、ちらとのぞき見したような気がしたものだった。

重鎮ならぬ軽《けい》鎮《ちん》の面影

ツアー客でごった返しているホテルのロビーで、とびきりお洒落さんの御老人を見た。年のころは、そう、八十代後半ぐらいだろうか。全身これブランドずくめの贅沢ファッションである。

目立っていたのは、その御老人が男性だったからである。お洒落な老婦人はいくらでもおられるが、男でファッショナブルな御老人はめずらしい。ドルガバのシャツにブリオーニのGパン、ジャケットは裏地の模様からしてエトロではあるまいか。

特に目を引いたのは靴である。靴底《ソール》の赤いルブタンで、男性がはいているのははじめて見た。帽子がまた、昭和風にいえばサイケ調のハンティング。

いろんなブランドをユーモラスに混合して、独特の雰囲気を醸《かも》しだしていらっしゃるところは、ただ者ではない。

その御老人を、中年の御婦人がたがとり囲んで談笑されていて、まことに楽しそうだ。高齢期の男性の一つの生き方を学習させて頂いたような気がした。

これからの老人は、偉そうにしていては駄目なのではあるまいか。重鎮などという言葉は、すでに死語と化していて、現在は軽チン、いや軽鎮をめざすべき時代なのかもしれない。

ふり返ってみて、これまで私がお会いした先輩がたは、ほとんど軽鎮の境地に達したかたが多かったように思う。

それは勿論、こちらのせいである。駆けだしのトリックスターを相手に、重厚な姿勢で対することなど阿呆らしくてできるか、というのが事実だったにちがいない。

埴谷雄高さんは、対談の席でいくつも歌をうたってくださった。ハウプトマンの『沈鐘』とか、聞いたことのない歌ばかりだったが、学生時代、埴谷さんの長篇『死《し》霊《れい》』を抱えて歩いたことのある私は、呆然とするばかりだった。

「このところ、ずっと毎日、うな重ばかり食べている」

と言いながら、廊下で社交ダンスのステップを踏んでみせてくださったりもした。

富士山の絵

「あの人はな、いきなりキスしてくるからな。気をつけろよ」

と、野坂昭如に言われておずおずとお目にかかった稲垣足穂さんは、ドイツのエンジンの魅力について終始、情熱的に語り続けてやまなかった。キスはされなかった。たぶん野坂さんのようなタイプが好みだったのだろう。

Inagaki Taruho

富士正晴さんは軽鎮界の重鎮、いやとびきりの軽鎮でいらした。

「戦後どこかで湯川秀樹に会うたんや。そしたら、最近、世間の人たちは食うのに困っとるらしいね、と言う。そこで、そうや、わしも困っとる。少し金貸してくれんか、ちゅうていくらか借りたことがある」

「返したんですか？」

「返すわけないやろ」

といった調子で、いつまでたっても話が終らない。私は富士さんの絵が好きだった。

ある人に、そのことを言ったら、

「富士山の絵とは、また月並みな」

と笑われたことがある。

森山啓《もりやまけい》さん、といっても、最近の若い人にはあまりなじみのない名前だろう。詩人、作家、評論家としてプロレタリア文学の季節に活躍した文学者である。中野重治らの仲間だった。

新潟の出身だが、福井、富山、石川など北陸に住んで『海の扇』『野菊の露』などの作品を書いた。

私は一時期、金沢に住んだことで御縁ができたのだが、なんとも懐しいお人柄の軽鎮だった。

ブッダのお米粒

森山さんがある時、知人のところへ米を一升借りにこられたことがあったという。しばらくして、米一升に野菜をつけて律義に返しにこられたことを、いまもその人はくり返し話題にする。

文壇で活躍していた現役の作家が、米一升を借りる時代もあったのだ。

国際的なタオイズムの権威でいらした福永光司《みつじ》さんも、また忘れがたいスーパー軽鎮のお一人だった。

福永さんは若い頃、ずっと柔道をやっておられて、相当、お強かったらしい。

「南船北馬《なんせんほくば》、っていうでしょ。柔道ではじめての人と顔を合わせるとき、相手が南の出身か北の人かってことは、大事なんです。西日本の選手は寝技にたけてる。関東、東北の選手は立ち技が強い。不思議だね」

などと、すぐ話がとぶところが楽しかった。

「熊本の連隊にいたときにね、脱走兵がでることがある。すると、まず水俣のほうに捜しにいくんです。あの辺は昔から自由民権の気風の強いところなんだ。官に屈しないところがあるんでね」

とも言っておられた。

考古学の網干《あぼし》善教《よしのり》さんには、大和の古墳をよく案内していただいた。

あるとき、インドで祇園精舎の発掘の作業中、二千年以上前の台所の跡からお米がでてきた。何かのはずみでズボンの裾の折り返しの中に、その米粒がいくつかまぎれこんでいたのだそうだ。

「帰国して服を片付けてたらパラパラと落ちてきたんだけど、ブッダも召し上ったお米かもしれないんで大事にとっておいたのです。よかったらどうぞ」

と、有難い米粒をいただいたことがある。重鎮は重く、軽鎮は軽い。偉い人は次第に軽くなっていくものなのだろうか。

トゥゲザー・アンド・アローン

このところ、やたらとインタヴューの仕事が多い。といっても、するほうではなく、されるほうである。

業界誌のライター兼編集をしていた若い頃は、いつも取材をする側だった。

だれかに会って話を聞くというのは、気をつかう仕事である。それなりの下調べをしておかなければならないし、一応、服装などにも配慮する必要がある。

それに大体が目上の相手だから、それなりのマナーも重要だ。そんなこともあって、当時の私には気の重い仕事だった。いま思い返せば、冷汗のでるようなケースもいくつかあった。

最近はもっぱらされる側なので、気が楽といえば楽である。若い相手だと、孫を相手にお気楽ジイサンが昔話をしているようなものだ。

後で、しまった、あんなことを喋るんじゃなかったと後悔することも少くない。

取材の際にたずねられる内容は、当然のことながら、その時代に世間が関心を持っているテーマがほとんどである。最近はもっぱら「老い」とか「孤独」とかについて質問されることが多い。残念なことに、冬季オリンピックの女子フィギュア競技で、私がはやくからザギトワの金メダルと将来の不安を予言していたことなど、だれもきいてはくれないのだ。

この機会をかりてこっそり言うが、ザギトワの今後は、彼女の胸部の過度の発育をいかに抑制するかにかかっている。その点、メドベージェワは、辛くも踏みとどまっているようだ。

さて、話を「老い」と「孤独」にもどすと、両方とも、意識し過ぎることはよくないと思う。

「いま、おいくつですか」

と、問われて、

「エーッと、さて、いくつだったたっけな。たぶん昭和ヒトケタの生れだから、そろそろかなあ」

などと、とぼけるぐらいで丁度いいのではないか。八十歳以上の人は、むしろ数え年で言ったほうがいいのでは、と思う。

それにしてももう、いい加減「老い」に関してあれこれ論議する必要は、ないのではあるまいか。どうせ東京オリンピックが終って数年すれば、団塊の世代六百数十万が次々に七十五歳超えの後期高齢者と化すのである。

三点セット

たぶん、その頃は「老い」などという主題は時代おくれで、次の目標は「死」がインタヴューの流行テーマになるにちがいない。

さらに「死」の主題が消費されつくした後は、いよいよ「死後」が時代の話題の中心となるだろう。その頃は私も向うの世界で、インタヴューでも受けているかもしれない。「死後」の世界のレポートができないのは残念だ。

「老い」と、「死」と、「死後」。

この三点セットは、人生後半の最大テーマと言ってよい。政治も経済も、この三つを避けては成立しない時代となるのだから。

この三点セットに一貫して流れる主題が「孤独」である。

「天上天下《てんじょうてんげ》唯我《ゆいが》独尊《どくそん》」

この言葉をどう解釈するかは勝手だが、私は「唯我独尊」のフレーズになんとなく共感する。

私の考える「孤独」とは、ただ一人で「孤立」することではない。いつもインタヴューされるときに強調するのは、そのことである。

西部邁《すすむ》さんの言葉

前に「和して同ぜず」ということを書いた。

一匹狼とか、仲間と群れるとか。そういう問題ではない。毛を逆立てて世の中に牙をむいたとしても、それは「孤独」でもなんでもないだろう。

故・西部邁さんの文章（「正論」平成二十九年一月号初出、平成三十年四月号再掲載）を読んでいたら、「トゥゲザー・アンド・アローン」という言葉が引かれていた。オルテガの言葉らしい。

人はつまり「一緒に一人で」いるしかない、と西部さんは書いている。

「社交にのめり込みつつも内心ではつねにぽつねんとしている」ということだ、と。

「トゥゲザー・アンド・アローン」

いい言葉だ。「和して同ぜず」というよりも、さらにわかりやすい。

一九五〇年代、花田清輝は魯迅を引いて、

「さらばしかじか　かくかくと　わけのわかったふりをしよう」

みたいなことを書いていた。

要するに朝の電車の中で同僚と会えば、やあ、おはよう、と挨拶する。相手がゆうべは巨人が勝ったね、と言えば、そうそう、七回の攻防が勝負の分かれ目だったね、とちゃんと相槌を打つ。しかし「トゥゲザー・アンド・アローン」の声は常にどこかに響いている。

日野の山中に独居した鴨長明が孤独なわけではない。

「ゆく河の流れは絶えずして、しかももとの水にあらず。よどみに浮ぶうたかたは、かつ消えかつ結びて、久しくとどまりたるためしなし。世中《よのなか》にある人と栖《すみか》と、又かくのごとし」

などと書く彼の内面には、世間と対峙するつよい生命力がある。「アローン・アンド・トゥゲザー」の人なのだ。

〈（前略）自分一個の言説は、歴史の大河の一粒の水滴として、ほんの暫しのあいだその大河の流れに属していはするものの、じきに蒸発していく代物にすぎまい（後略）〉

という西部さんの文章の背後には、深い暗愁が横たわっている。二葉亭四迷が『ふさぎの虫』と訳した『トスカ』である。真の「孤独」とは、そういうものなのかもしれない。

遊びをせんとや生れけん

「ヒトは遊ぶ動物である」

という説があった。たしかにそうではあるが、遊ぶのは人間に限ったことではない。

猫も遊ぶし、犬も遊ぶ。猿だって遊ぶし、ライオンの仔などもじゃれあって遊んでいる。

しかし、人間ほど遊びに工夫というか、趣向を凝らす動物はいないのではあるまいか。

ふと思うところがあって、自分が子供のころから今日まで、どんな遊びをしてきたかを思い返してみた。

小学生になる前に、トンボやセミをつかまえることに夢中だった時期がある。カエルをおもちゃにしたり、トカゲやカマキリをいじめたりと、殺生な遊びをいろいろした。

やがて模型飛行機づくりに夢中になる。夏はプールで泳ぎ、冬はスケートをして遊んだ。戦争の時代だったから、手旗信号やモールス符号なども遊びのようなものだった。

敗戦でそんな無邪気な世界が一変した。中学生のくせに煙草を吸う。大人にまじってドブロクも飲む。生意気に花札などにも熱中した。闇市でそれなりに稼いでいたから、大人たちも仲間に入れてくれたのだ。

嵐のような戦後の混乱期がすぎると、スポーツの季節がきた。どんな小さな村や町にも、少年野球のチームが雨後のタケノコのように発生したのである。

アメリカからフラナガン神父とかいう人物が来日して、

「野球をやる少年に不良はいない」

などと発言して大きな話題になったこともある。しかし、実際には少年野球の投手で四番バッターは、ほとんどが不良ばかりだった。

グローブが買えないので、布を何枚も重ねてお手製の道具を作ったことを懐しく思い出す。

私は野球が嫌いではなかったが、才能がないのは明らかだった。野球にかぎらず、スポーツはやはり天賦の才能である。私より年下の少年で、惚れぼれするようなバッティングをする仲間がいた。そもそもボールの飛び方がちがうのである。

高校時代に『青い山脈』という映画をみて、テニスをはじめた。しかし、これも向いていなかったようだ。そこでスポーツはあきらめて、新聞部という地味な活動にくわわった。

中山競馬場

大学生のころは、ほとんど遊ぶ余裕がなかった。中央線沿線でサンドイッチマンのアルバイトをやり、そのギャラで仲間たちとトリスバーへ繰りだすというのが、精一杯の遊びだった。

やがて一時期、市川に住んだ。中山競馬場まで歩いて行ける場所だった。自然と競馬場に通うようになって、これはかなり打ち込んだものである。

当時の中山競馬場は、人が少く、家族づれで花見にきている客などもいて、じつにのんびりしたものだった。ダンサーという馬を追いかけて、いつも負けていたような記憶がある。

中山だけではあきたりずに、船橋の競馬場にも通った。といっても、ちゃんとした馬券を買って勝負をしたわけではない。船橋には十円単位でつつましく遊ばせてくれるノミ屋がいた。三十円とか、四十円とか、そんな単位で気楽に受けてくれるのである。

やがて作家として働きはじめると、麻雀に専念した。新人賞をもらってまもなく知り合ったのが、阿佐田哲也さんだったから、それも運命というものだったろう。

当時はいろんな雑誌が、誌上麻雀大会を主催していて、すこぶる活気のある時代だった。

あるとき、小島武夫名人に、

「こんどレコードを出すことになったんで、ひとつ歌詞を書いてくれませんか」

と、頼まれた。気軽に引きうけて書いたのが、『おれはしみじみ馬鹿だった』という歌で、ちゃんとしたレコードになって発売された。

小島さんは文句もいわずに、大真面目でうたっていたが、残念ながらヒットするまでにはいかなかった。たぶん歌詞がまずかったのだろう。将棋の内藤國雄さんの歌ではないが、『おゆき』などという情緒のある歌でも書いたほうがよかったのかもしれない。

本田靖春さん

私は麻雀の才もなかった。即興で打つタイプなので、理詰めの麻雀をする仲間たちからは、「打ちづらい」といやがられていた。割りに気が合ったのは、ノンフィクション作家の故・本田靖春さんである。外地引揚者《ひきあげしゃ》の雀風が共通していたようにも思う。

麻雀がやや下火になりかけた頃、仲間に誘われてゴルフを始めた。最初から遊び半分の我流のゴルフだから、上達するわけがない。それに早朝からスタートするというのが、無理だった。徹夜ゴルフとかいうのでもあれば、かなりいい線までいったのではあるまいか。

こうして振り返ってみると、遊びに本気で取り組んだことが一度もなかったような気がする。要するに、遊び半分なのだ。とことんのめり込むことのできる人を、うらやましく思うこともある。本気で遊べば、そこから得るものは必ずあるだろう。いや、何かを得るために遊ぶのではない。反対に、何かを捨てるため、失うために人は遊ぶのではないのか。

人生そのものを遊びと観ずる立場もある。そうなると遊び半分というわけにはいくまい。ちゃんと遊ぶには、体力と気力が必要だ。このあと、どんな遊びが残されているのだろうと、ふと思う。

思えば遠くへきたもんだ

先日、むかし自分が出演していたテレビ番組を見た。

ふつう自分が出ている番組を後から見るのは、すこぶる照れくさいものである。番組スタッフが、記念に、といって収録したＤＶＤを送ってくれたりするが、あまり見ない。身がすくむというか、ギャッと叫びたくなるような場面が続出するからだ。

しかし、先日見た古い番組は、結構おもしろかった。多分あまりに年月がたちすぎていたせいだろう。他人ごとのように気楽に見ることができたのだ。

その古い番組というのは、「遠くへ行きたい」という紀行番組である。当時、読売テレビの制作で、日本テレビ系でオンエアされた。

どれくらい前の話かはさだかではないが、とにかく私自身が若い。番組の中で、「三十八歳のこの年まで――」などとしゃべっているから相当むかしの話だろう。

番組のプロデューサー＆ディレクターは矢崎泰久さん。当時は雑誌「話の特集」の編集長だった。プロダクションは創生期のテレビマンユニオンである。萩元晴彦とか、今野勉とかいった当時のテレビ界の若武者たちが現場を仕切った。今野勉さんなど、自分でベルハウエルの撮影機を抱えて走り回っていた。テレビの世界に熱気があふれていた時代だった。紀行番組といっても、手法は過激なドキュメンタリー・タッチである。

この番組は、もともと永六輔さんのワンマン番組として企画されたものらしい。それが永さんの超過密スケジュールのせいで、何人かの助っ人の回り持ち出演になった。途中から野坂昭如、伊丹十三、そして私などが参入したのである。それぞれひと癖もふた癖もある連中だから、手綱をとる側もさぞ大変だったことだろう。撮る側も撮られる側も、とにかくみんな若かった。

冒頭に蒸気機関車が疾走し汽笛が鳴る。タイトルと、『遠くへ行きたい』のアップテンポのコーラス。意味不明の謎の若い女性が、不条理に画面に出没するというのも番組の特長だった。

イージー・ライダー

私が出演しているのは、筑豊、岩国、金沢、白根、八尾、札幌などの各地である。

筑豊篇では、モンキーバイクで福岡市から香春岳《かわらだけ》までを走った。ジーンズにブーツ、メタルのブレスレットなどをつけて、さながらイージー・ライダー気取りだ。

ここまでおどけていると、自分で見ていてそんなに恥ずかしくはないのである。なんてバカやってたんだろう、と笑うしかない。

筑豊の名峯香春岳も、今はすでに伝説の山だ。世態人情は時とともに変るが、故郷の山河は変らないとは誰の言葉か。

人も変る。山も変る。セメント採掘の作業によって山は台地に姿を変えてしまっている。「遠くへ行きたい」の撮影当時は、まだ半分以上は残っていた山だった。

変ったといえば、こんなことをぼやいている私自身も変った。当時はなんと痩せていたことだろう。驚いたのは昔のズボンが細かったことだ。今どきの若い人のズボンの細さが、いつも気になっていたが、昔もそうだったのである。当時、モモヒキのような細いズボンを、マンボ・ズボンと称した。

今回、見ていて気になったのは、やたらと煙草をすうことだった。私が煙草をやめたのは、四十歳前後のことだったと思う。当時はなにかといえば煙草をくわえて火をつける。半分くらいは格好つけのようにも見えた。

水瓜をさげた少女

八尾を訪れたのは、越中八尾の風の盆を取材するためである。当時は本当にひっそりした地元の祭りだった。人出も少く、どことなく淋しい祭りで、とても風情があった。そのときの印象をもとに、『風の柩《ひつぎ》』という小説を書いている。

地元でうたわれる『越中おわら節』という唄は、とても他所者《よそもの》にはうたえない。私もしばらく北陸に住んで、『山中節』ぐらいは一応こなせるが、『越中おわら節』はとても歯が立たない。すこぶる高音の上に節回しが微妙で、息継ぎに超人的な技法が必要な唄なのである。

〽うたわれよ　わしゃはやす

と、いう囃《はや》しの文句ぐらいはどうにかうたえるので、番組中で声を張りあげていたのは若さのせいだろう。

今では日本有数の人気を集める祭りとなったらしい。どちらかといえばひっそりした、淋しい祭りだったことが嘘のようだ。

一連のそれらの番組をとおして、ユパンキの音楽と浅川マキの歌が何度もでてくる。アタウアルパ・ユパンキは、金沢にきたことがあった。聴衆の拍手に対して、立ちあがって深々とおじぎをしていた姿を今でも懐しく思い出す。

浅川マキとは、たった一度の出会いだった。私が新人作家としてデビューしてまもない頃、金沢の私の家に一人の少女が訪ねてきた。少女というには迫力のありすぎる娘だった。水瓜をひとつ、重そうにぶらさげてきて、「これ、どうぞ」と言ってさしだした。

どうやら金沢近郊の出身で、いちど歌手になるために上京したのだが、なにか訳があってもどってきたのだという。しばらく話をして、帰っていった。

今でも『夜が明けたら』を聴くと、水瓜をさげた彼女の姿を思い出す。

あの店この店日が暮れて

小説を書く上で調べたいことがあって、一九六〇年代の古い週刊誌を少し集めてもらった。昭和でいうなら三十年代後半のものである。

出版社系では「週刊新潮」がいちばん早く一九五六年に創刊されていて、当時の定価が三十円。

やがて数年後、それを追いかけるように「週刊現代」「週刊文春」などが出た。これらも定価は一緒で三十円の横並びである。

六〇年代にはいると四十円になり、やがて四年後には一冊五十円に値上りした。現在四百数十円だから、六十年間で十三倍以上になったわけだ。

私の大学生時代は、五〇年代である。一年間の授業料が一万七千円だったといえば、驚く現役大学生も少くないだろう。コッペパンが十円、ジャムかピーナッツバターを塗ると十五円。文学部地下の生協の売店で、バターつきにするかせざるべきかで真剣に悩んだものである。ちなみにもり蕎麦が二十円。ざるになると一段あがって二十五円だった。

タクシーは当時、八十円ぐらいだったのではあるまいか。日野ルノーとかいうゴキブリみたいに小回りのきく小型車があって、いつかはそれに乗る身分になりたいと憧れたものだった。いまは初乗りが四百二十円だから、意外に値上りしていない。

コーヒーは一杯五十円前後。新宿の『風月堂』では、午前中にはいると十円安くなった。作家の山崎朋子さんが、若い頃この店で働いていたと聞いたことがある。若い詩人たちのグループがよくたむろしていて、どことなくアート・カフェという感じの店だった。

当時の風変りな喫茶店といえば、中野駅北口の『クラシック』に触れないわけにはいかない。すでにレジェンドとなっている音楽喫茶の老舗だが、今はもうない。

これまで何度も書いてきたので、あらためて紹介するのも照れくさいが、とにかく変った店だった。オーナーで画家の美作《みさく》七朗《しちろう》さんがまたキャラの立つ人物で、ジャン・ギャバンをちょっと和風に崩した感じとでもいおうか、蝶ネクタイと笑顔の似合う、戦後文化人の典型のような自由人だった。

入口で喫茶券を

店内はクラシックというより、アンティークといった雰囲気で、私は熊本の蜂の巣城を思いだすのが常だった。この店では、レコード演奏が流れているあいだ客は大声で話したりしない。といって、いわゆる初期のモダンジャズ喫茶や、ゴリゴリの名曲喫茶とちがって、会話厳禁といった堅苦しい店でもない。文庫本を読んでいる青年も、なにやらノートに文章を書いているアーチストふうの中年男も、ただ怠惰に世間と隔絶した時間に身をまかせているだけだ。

入口で喫茶券を買うのが、この店のきまりだった。コーヒーと紅茶ぐらいしかなかったと思う。五〇年代はコーヒー三十円か四十円ぐらいだったのではあるまいか。

二階にあがる階段は、いまにも崩れ落ちそうにギシギシきしんだ。天井の梁《はり》を身をかがめてよけながら隅っこの席に坐る。何時間いようが、ウエイトレスが催促がましく水を注ぎにきたり、テーブルの上を片付けにきたりはしない。ときどき店主の美作さんが現れて、小声で話相手になってくれる。

美作画伯の絵には、どこかスラブふうの気配が漂っており、私は好きだった。革命後に函館とか神戸に亡命してきた白系ロシア人の視線とでもいおうか、モダニズムと土着性のからまりあった不思議になつかしい画風なのだ。

姉妹店『ルドン』

『クラシック』の姉妹店、酒場『ルドン』も忘れがたい五〇年代の古戦場だ。その店が開店したとき、美作さん自身が書いたと思われるポスターの写真がある。そこにこんな文句がそえられている。

〈愈々《いよいよ》秋らしくなりました　珈琲もビールも文化人の必需である今日「ルドン」の誕生

に付きまして御各位の御指導を仰げば誠に幸いと存じます〉

この文面の後にやや小さな文字で、

〈尚開店に当り祝品等のご心配は店舗の傾向性により一切御断り致します　云々〉

と書きそえてある。〈店舗の傾向性〉とは、いったい何であろうか。たしかに『ルドン』は、傾向性のつよい酒場だった。ジャーナリストやアーチスト、それに私たち貧乏学生などが主な客筋で、議論と歌声の絶えない店だった。

トリスのシングル三十円。それで閉店までねばっても文句は言われない。十円玉三枚を握りしめてカウンターに並んでいる私たちの空のグラスに、バイトの女子美の学生がこっそりウイスキーを注ぎたしてくれたりもする。こういうのを「傾向性」というのなら、私たちはその「傾向」を断乎支持するつもりだった。

隣りがプレホルモンの看板のでている薬屋。その隣りが『おしるこの店紅梅』、その先にラーメン屋と『北京亭』。

二〇一七年は美作七朗さんの生誕から百十年になるそうだ。それを記念して、『クラシック』に縁の深い三軒の名曲喫茶の店が彼の作品六十点ほどの絵画展を催している。阿佐谷の『ヴィオロン』、高円寺の『ルネッサンス』、国分寺の『でんえん』の三店である。ここを梯子《はしご》するというのも一興かも。

ノスタルジーは、生きるエネルギーである、というのが、最近の私の説なのだ。

第3章　こころの深呼吸

一杯のコーヒーから

朝、コーヒーを飲みながら、ふと考えた。

〈いったいいつ頃からコーヒーを飲むようになったのだろう？〉

考えてみると、子供の頃にはコーヒーの記憶がぜんぜんない。戦争の季節に育ったわけだから当然のような気もする。

しかし、都会の一部の人たちは、空襲のなかでもコーヒーを飲んでいたようだ。喫茶店も営業していたところがあったらしい。

戦後もしばらくはコーヒーには縁がなかった。中学、高校と、コーヒーを飲んだ記憶がない。

昭和二十七年に九州から上京して、はじめて喫茶店でコーヒーを飲んだ。その日の暮しにもこと欠くアルバイト学生だったから、店にはいるのにも勇気がいった。

大学の近くの、なんとかいう店である。そのときはじめて飲んだコーヒーの味は、まったく記憶にない。たぶん緊張しすぎていたせいだろう。周囲でたばこをふかしながら談笑している学生たちに圧倒されて、コチコチになっていたのである。

朝鮮戦争があり、サンフランシスコ講和条約が発効した頃だった。仲間がデモに行っているのに、喫茶店でコーヒーを飲んでいるなんて、とうしろめたい思いを感じたことを憶えている。

その日から今日まで、ずっとコーヒーを飲んできた。煙草をやめた後も、コーヒーだけはずっと続いている。たぶん死ぬまでコーヒーとは縁が切れないにちがいない。

とは言うものの、私は決してコーヒー通ではないし、カフェイン中毒でもない。呼吸するように自然にコーヒーを飲んで暮してきたのである。

うまいコーヒーと、まずいコーヒーの違いぐらいはわかる。銘柄にはこだわらないが、好きなコーヒーの産地はある。しかし、インスタントコーヒーでも、べつに不自由は感じない程度の、適当なコーヒー愛好者なのだ。

美人喫茶とは何ぞや

世界のどこの国にいってもコーヒーは飲めた。コーヒーに国籍はないと思っていたのだが、ギリシャでトルココーヒーを頼んでウエイターを怒らせたことなどもあった。グリークコーヒーにしろ、と叱られたのだ。逆にアテネからトルコに入国したときは、ギリシャから来たということで、通関の際にさんざん意地悪されたものだった。

ガテマラで、国立コーヒー院直営という店につれていかれたことがある。たしかに旨いコーヒーだった。いまも凝った店でコーヒーを注文するとき、銘柄をきかれたりすると、ひとつ憶えのように「ガテマラを」というのは、そのときの古い記憶のせいである。

私の若かった頃は、コーヒーは喫茶店で飲むものだった。さまざまな喫茶店があって面白かった。

名曲喫茶というのは喫茶店の王道である。清楚な服を着たウエイトレスがいて、クラシックの名曲が流れている。キザな客たちのなかにはオーケストラのスコアを持ちこんで、指揮のまねをする者もいた。

美人喫茶というのも、一時期はやったものだった。ドアの内側に綺麗なおねえさんが立っている。ファッションモデルのような若い女性が店内のあちこちにいて、三十分おきぐらいに位置を交代する。客はコーヒーをちびちびなめながら、その女性たちを横目で鑑賞するという店だ。

シャンソン喫茶、タンゴ喫茶、うたごえ喫茶などもあった。

文化人の集る店もあった。新宿の『風月堂』などがそうだ。売り出し中の新進劇作家や、詩人のグループなどもたむろしていて、現代音楽ふうの曲が流れていた。

店の入場券

私が新宿二丁目の業界紙につとめていたころ、出社してしばらくすると取材に出ると称して『風月堂』へ直行したものだ。午前中に入店するとコーヒー料金が安くなるからである。

『サンダカン八番娼館』の作者、山崎朋子さんが、若いころ『風月堂』でウエイトレスとしてはたらいていた、と聞いたことがある。さぞかし若き芸術家たちの胸をときめかせたことだろう。

ジャズ喫茶、深夜喫茶などは、その時代を象徴する存在だった。今でも全国各地にジャズ喫茶の伝統はしっかり生きている。

それらの店の入場券が一杯のコーヒーだった。考えてみると、それは奇蹟のような気がしないでもない。

喫茶店がカフェになったことは、単に店の形式が変っただけのことではない。往時のコーヒーは、ただの飲みものではなかった。それは未知の扉を開く貴重な鍵でもあったのだ。

かつて新宿に『モン・ルポ』というシャンソン喫茶があった。『どん底』と『末廣亭』にはさまれた一画だったと思う。

友人の一人が奨学金をもらうと、仲間が彼をかこんでその店にいった。サルトルがグレコのために作詞したとかいうシャンソン『ブラン・マントー通り』を聴きながら、カミュかサルトルかを熱っぽく論じあったものだった。その店のマダムは、そんな学生たちを追いだそうとはせずに黙って放置しておいてくれた。

中野の『クラシック』も今はもうない。画家の店主と、コミュニストだという伝説のあったマダムは、一杯のコーヒーで一日中ずっと私たちを店にいさせてくれた。

今のカフェにも、それぞれの青春があるのだろう。そして半世紀のちに、だれかがその時代のカフェについて懐旧談を書くにちがいない。

卒業・中退・抹籍・除籍？

有名人の学歴詐称が話題になっている。

ハーバードだの、ＭＢＡだのといったところで、こちらには関係のない話だが、あらためて学歴ということについて考えさせられた。

私は「大学を横に出た」と自称してきた。「タテに出る」のは卒業である。「ヨコに出る」のは、途中でやめたということだ。

私が九州の高校を卒業したのは、昭和二十七年のことである。

近くの町の家具店に住み込んで、職人として技術を身につけよ、というのが父親の意見だった。敗戦後、知識人のたよりなさを痛感した父親の実感からのすすめだろう。

しかし、私は上京して大学に進学する道を選んだ。最初から無理な話だが、入学金と前期の授業料さえ出してくれれば、あとは自分でなんとかする、と言いはったのだ。入学金が五万円で、前期の授業料が一万七千円だった。今から考えると嘘のような話である。

しかし、引揚者の家庭としては大変な負担である。入学金と授業料は、父親が自分の恩給証書をカタに借金をして作ってくれた。

毛布一枚抱えての上京だったから、最初はホームレス大学生である。

一時、大学近くの神社の床下にもぐりこんで寝泊りしたことがあるといっても、今はほとんどホラ話としてしか聞いてもらえないのではあるまいか。

その後もいろいろあって、授業に出るよりアルバイトのほうが中心の大学生生活だった。住み込みで業界紙の配達員をやったり、売血に通ったりで、なんとか食いつないでいたが、結局、授業料の未納が積み上って、常時、名前が廊下に張りだされる始末だった。いくら安い授業料でも、つみ重なれば大きい。

とどのつまりは仕方なく大学の事務局に出頭して、実状を説明することになった。

「それはダメです」

「しばらく働いて授業料を作りますから、それまで休学させてもらえませんか」

「それはダメです」

事務局の人は言下に答えた。

「休学するなら、これまで未納になっている授業料をすべて納めてください。そうでなければ休学は認められません」

「え？　それじゃ、退学するしかないんでしょうか」

「それもダメです。中途退学というのはね、ひとつの公的な資格なんですよ。これまでの授業料を完納しないと、中退も認められません」

「じゃあ、どうすればいいんですか」

「まあ、除籍処分とか、そういうことでしょうかね。除籍は、一般的には死亡、または失踪宣告の効力が生じた場合の事例ですが、各大学それぞれにちがう場合がありまして」

「と、なると、ぼくの場合は？」

　事務局の人は少し考えてから、うなずいていった。

「うーん、抹籍《まっせき》願というのを出してもらうしかないですね」

「抹籍願、ですか」

　除籍だと、なんとなく悪いことをして放校されたような印象がある。しかし、抹籍というのも情けない話だ。大学にいたという事実すら消されてしまうのではあるまいか。

「わかりました。それじゃ、抹籍のほうでお願いします」

　抹籍届の書き方を教えてもらって、晴れて抹籍の身となった。

　のちに職業作家となって、いろんなところで大学中退と書かれるたびに、訂正に大童《おおわらわ》だった。時には、除籍、と、まちがって書かれることもある。

「除籍じゃありません。正式には抹籍なんですけど」

「除籍も抹籍も似たようなもんでしょ」

「いや、そこは全然ちがうと思うんですが」

「もうまに合わないから、除籍で我慢してください」

それから幾星霜。

あるパーティーで、銀髪の人品卑しからざる老紳士に挨拶された。名刺をチラと見ると、「総長」という大きな肩書きがある。その筋の人にしては服装が地味な感じだ。

正式の肩書き

「イツキさんは、校友会に入っておられませんね」

「はい？」

「ひとつ、校友会に入って、寄付のほうをよろしくお願いしますよ」

あらためて名刺をたしかめると、「早稲田大学総長」という肩書きがあった。

「それは無理です」

「なぜですか」

「たぶん私には学籍がありませんので、校友会に入る資格がないはずです。ご辞退させていただきます」

「それは、どういうことでしょう」

事情をきかれて、くわしくご説明させていただいた。

「なるほど」

深くうなずかれた総長は微笑して、

「でも、今なら未納分を払えるんじゃないですか」

「まあ、ね」

「じゃあ、払ってください。そうすればあらためて中退の処理をしますから」

仕方がない。何年分かの授業料を納入したら、正式の中退証明が送られてきた。晴れて中退の身となったのだ。

要するに中退というのは、ひとつの資格なのである。勝手に名乗っては学歴詐称になりかねない。とかく世の中はややこしい。

時の過ぎゆくままに

時間の約束にルーズであるということは、社会人として最大の欠点といっていいだろう。私自身、そのことでいつも反省することばかりである。

毎日、二件とか三件とか人と会う約束がある。それだけではない。締め切りの期限というのも常時ある。原稿の締め切りというのは、なかなか守れないものだ。昔、といっても私が新人作家であった頃は、概してルーズな書き手がほとんどだった。

二、三日おくれるのは当り前、その辺からが編集者との攻防戦。

「ちょっと風邪気味でね」

などというのは初級クラスだ。私の場合は偏頭痛という切り札があった。

「なんだか急激に気圧がさがってきたらしくて、昨夜からひどい偏頭痛の発作が――」

などと天候気象のせいにしたりする。先輩作家のなかには堂々と、「書けないんだから仕方がないだろ」などと居直るかたもいらした。同世代の作家でも、敵前逃亡して福岡へ飛んだりする人もいた。東京から編集者が九州まで追いかけていった話が美談として流布したりもした。

ヒロポン中毒、睡眠薬中毒の小説家もめずらしくはなかった。そんな書き手に編集者がよく対応できたものである。もっとも編集者の中にもアル中気味のベテランがいて、

「大丈夫かい。もう締め切り過ぎてるんじゃないのかね」

などと、書き手のほうが心配するようなケースもあった。とりあえず、古き良き時代の思い出である。

それから幾星霜。

最近は締め切りについての話題がほとんどきこえてこない。編集部のほうからこれという連絡もなく、締め切り日の翌日になって、

「原稿、とどいていませんけど」

と、けげんそうな声で携帯に電話がかかってくるという。

ワースト・スリー

もっともこれは同世代の老作家から聞いた話で、私の体験ではない。と、いうのも、かつて原稿がおそいので有名だった私も、さすがに時代の流れには逆らえず、おおむね締め切りギリギリには入稿するという当節の風潮に妥協せざるをえなくなっているからだ。かつて私とともにワースト・スリーと称された井上ひさしも、野坂昭如も、すでに世を去って、ひとり孤塁を守るわけにもいかなくなってきたのである。

編集者と作家の丁丁発止《ちょうちょうはっし》の締め切りをめぐる掛け引きなど、いまは昔話となってしまった。原稿依頼から入稿、ゲラ直し、掲載にいたるまで、まったく顔を合わせることなく進んだりすることもないではない。

かつては写真一枚選ぶのに、すりガラスの上にネガを置いて、虫眼鏡でチェックするなどという時代もあった。いまではメールで写真を送ってもらって、即メールで返事する時代である。それを情緒がないだの、味気ないだのと言っているようでは、当節のメディアでは務まらないのだ。

さて、人と会うとき約束の時間を守る、という話にもどるが、私はできれば五分前ぐらいにはその場にいようと、いつも自分に言いきかせてきた。ところが、これが実際にはなかなか難しいのだ。

気に入ったシャツを着てみると、袖口のボタンがとれている。出かける間際に電話がかかってくる。部屋をでた後で老眼鏡を忘れたことに気づく。なぜかタクシーがつかまらない。反対方面には続々と空車が走っているというのに、待つと来ないものがタクシーだ。街角に立っているとパラパラと雨が降ってくる。傘を取りにもどろうか、それともこのまま行くか。迷っていると空車が通りすぎる。

そんなこんなで五分前に現地到着の予定がいつのまにか十分おくれになってしまう。

「すみません、すみません」

と、謝りながら約束の場所に走りこむと、二人で会う約束だったのに出版社のお偉方がずらりと勢揃いしていたりするのだから世の中、皮肉なものである。

「作家です」

約束の時間は守ったほうがいい。長い一生のあいだに一度か二度おくれただけで、

と消えない烙印を押されたりもするのだ。などとある編集者に話したら、

「あの人は時間にはルーズだけど、いい仕事する、という方向もあるんじゃないですか」

と、言われた。それは魅力的だが、とても危険な道ではないかと思う。

なぜなら、いい仕事というものは、そう手軽に成就《じょうじゅ》できるものではない。それにくらべると、約束の時間をきちんと守るというのは、その気になりさえすれば、だれにでもできることだからだ。自分のことを天才だと思える人は、時間など気にすることはないだろう。

つい先日、おもしろい話を聞いた。

地方在住のある作家が、ちょっとアル中気味なので、思いきって心療内科を訪れてみることにした。診察室に坐ると、若い医師が「御職業は？」ときく。

「作家です」

と答えた。すると相手は心配そうに眉をひそめて、

「いつ頃からそう思うようになられました?」

と、きいたという。

いい話だ。このおかしさが即座にわかれば、あなたはボケていないと思っていい。しばらくして笑った人は要注意。

失《しっ》簡《かん》症《しょう》患者の言い訳

人には持病というものがある。

糖尿病とか高血圧とか、そんな厄介な病いでなくとも、なにかしら問題を抱えているものだ。

しかし体の疾患ほど重大ではないが、心の病いというのもまたしんどいものである。どちらが辛いか、ときかれると答えに窮する。

また、体の問題と心の問題は、深くリンクしているので判然と分けることは難しい。

私もいくつかの問題を抱えながら生きてきた。目下のところ、下半身の不調が悩みの種だ。下半身といっても加齢が原因の色気のない故障である。頻尿と変形性股関節症だ。どちらも野暮な疾患で、話題にできるような問題ではない。

一方で私の心の病いのほうは、まったく加齢とは関係がない。若い頃からずっとそうだったので、いまはほとんど諦めの境地に達している。

心の疾患、というのは、それがほとんど病気といっていい問題だからである。この病気に効く薬があるなら、相当の対価を払ってもいいと思い続けてきた。

それは、手紙が書けない、という病いである。

手紙が書けない性癖を、世間ではよく筆無精などという。しかし無精というのは、まだ救いがありそうだ。いやいやながらでも努力をすれば多少は克服できるからである。

私の場合は、不治の病いと言っていい。これまでどれほどそれを治そうと努力してきたことか。いろんな事を試み、さまざまな工夫もこらしてきた。しかし、すべて無駄だった。したがって、不治の病いとしか思えないのである。

明治、大正の文人たちは、実にこまめに手紙を書いている。それほど昔にさかのぼらなくても、文筆にたずさわる人々はおおむね筆まめだ。

私はこの六十年あまり、文章を書くことで生計を立ててきた。文字を書くことが好きで、いまだに筆一本の仕事を続けている。

それにもかかわらず、私は絶望的に手紙を書くことが苦手な人間なのである。

親不孝のきわみ

私は昭和二十七年に九州から上京した。サンフランシスコ講和条約が発効した年である。入学金さえ出してくれれば、あとは自活する、というのが父親との約束だった。無謀としか言いようのない計画だった。どれだけがんばっても、アルバイトと学校を両立させることは難しい。

そんな時期に、父親から一年に一回か二回、わずかな送金があった。大した金額ではなかったが、地獄で仏、といった感じで合掌したいくらいに有難かったことを憶えている。世間の常識なら、当然、すぐにでも礼状を書くべきだっただろう。葉書一枚ですむことだった。しかし、きょう書こう、あしたは書く、と心に決めながら、私はそれをしなかった。

当然、自分を責めて眠れないこともある。深夜、書き送る手紙の文言を繰り返し練りながら、心の中で何通も何通も手紙を書くのだ。

それでいて一夜明けると、手紙を書くことができない。自分を責めながら幾夜か眠れぬ夜をすごし、結局は一カ月がたち、半年が過ぎてしまう。その間、心の深いところにトゲのように刺さっているものの存在を忘れることがなかった。

ある年、病気で療養所にいる父親から、短い葉書がきた。

〈金が届いたら、着いたとだけでも知らせるように〉

と、乱れた文字で書いてあった。それから数カ月のあいだ、私は夜毎、日毎にその文章を思い出し、一日といえども心が安らぐ時がなかった。

心の中で書いた手紙

たかが一枚の葉書でいいのだ。しかし、どうしてもそれができない。きょうは必ず書く、あすは書こうと心に誓いながら、結局それをしないまま日が過ぎた。やがて父は世を去ったが、父の死よりも一枚の葉書を書かなかったことのほうが、よほど心が痛んだ。

それ以後（以前もそうだったが）私は本当に手紙を書くことをしなくなった。

仕事の関係はもちろん、先輩作家や親しい友人からの手紙にも返事を書かなかった。

もちろん、探せば私が送った何通かの手紙が出てくるにちがいない。

万事、八方ふさがりで生きる光景が見つからず、死ぬ思いで書いた手紙もある。

しかし、日記は書くのに手紙は書けないというのは、どういう理由によるものだろうか。

心のこもったお手紙に、まったく返事を書かない。そのためにどれほど多くの人々の気持ちを傷つけてきたことだろう。社会人としてのマナーさえ守らずに生きてきたのだ。

いまでも深夜に、いろんなかたがたへの手紙を心の中で書く。そんなふうにして何千通の手紙を書いたことか。

言い訳めくが、これは病気ではないかと思うことがある。そんな病名はないだろうけど、あえてつけるなら「失簡症」だ。

私は必ずしも努力が嫌いな人間ではない。原稿は毎日かならず書いている。それにもかかわらず、一行の「ありがとう」という手紙さえ書けない。馬鹿につける薬はないというが、何か特効薬でもないものだろうか。

今夜も深夜に目覚めて、頭の中で文字にならない手紙を書くことになるのである。

髭《ひげ》という字が書けなくて

　ときたま読者のかたからお手紙や葉書を頂くことがある。

　先日、出版社気付けでとどいたお便りのなかに、こんな文章があって恐縮した。

　〈失簡症とのことですが、作家でいらっしゃるのに手紙を書くのが大の苦手とはびっくりしました〉云々。

　そうか、世間では作家は字を書くのが好きな人種と思われているのか、と首をすくめた。

　たしかに明治・大正・昭和の頃の作家は、じつによく手紙を書いている。最近の若い作家でも、本を贈ると必ず丁重な礼状をくださるかたもいらして、困ってしまう。どうやら時代のせいではなく、本人の性格というか、人柄によるのではあるまいか。

　私が手紙や葉書を書くのが苦手な理由は一つではない。字が下手だ、とかいうことは大した理由にはならないだろう。悪筆の文章にむしろ心情が感じられたりすることもある。

　このことはこれまでも何度となく繰り返し書いてきたが、実は漢字の問題があるのだ。読めるけれども、書けない漢字が多すぎるのである。再度、このことについて書く。

　私の父親は国語の教師だった。国語と漢文を生徒に教えていた。根っからの教師タイプ

で、私にも幼い頃から厄介な文章の素読を強制したりした。毎朝、詩吟をうたわせられたりもした。漢文の詩に和製の曲をつけた歌である。

おかげで今になってもいくつかの漢詩がふっと頭に浮かぶことがある。これはメロディーの効用というものだろう。どんな厄介な文句でも、節がついていれば、なかなか忘れないものなのだ。漢文の素読もそうだ。声にだして読むから記憶に残る。「軍人勅諭」も「教育勅語」も、大声で朗読して憶えた。「我ガ国ノ軍隊ハ世々、天皇ノ統率シ給フトコロニソアル」などと、スタバでカプチーノを飲んでいるときに、ふっと口をついて出てきたりするので困ってしまうのだ。

そんなわけで、読むほうならかなりの程度に読めるのだが、書くほうがサッパリなのだ。

一日一字のノルマ

読むことはできても、書けない漢字が多すぎるのが問題なのである。原稿を書くときには、いちいち辞書を引くのも大変なので、字を崩してそれらしき形にしておく。印刷所でそれを判読して、活字にするときは正しい漢字になっている、という具合いだ。

そんなふうにして何十年も作家と称して暮してきた。パソコンを使う若い作家には、この苦労はわからないだろう。

コロナ大流行の時代となって「ステイホーム」の暮しが普通になった。これを機に、なにかをやろうと考えた。学生時代に勉強したロシア語を再開してみるか、とも考えたのだが、いまさらキリル文字を復習するのも面倒なのでやめた。そのかわりに、一日に一字の割り合いで書けない漢字を書けるようにすることに決めた。

毎日、読んでいる新聞の記事のなかから、読めるが書けない漢字を一つずつおぼえようという野心的?な試みだ。

しかし、これがなかなか難しい。そのときは完璧に憶えたと思っても、二、三時間たつともう書けない。いわゆる短期記憶が衰えているのだろう。世間ではそれをボケなどというらしい。

「憂鬱」の「ウツ」が正確に書けない。「麒《き》麟《りん》」もだめである。そんな字画の多い漢字よりも、意外に簡単な字が正しく書けないものだ。「ボッキ」の「勃」がそうである。若い頃なら書けただろうか。いや、昔から読めるが書けない漢字の一つではあった。

コオロギとミミズ

「ヒゲダン」というバンドがいま人気絶頂だという記事が出ていた。正確には「Official髭男dism」というグループらしい。この「ヒゲ」という字がどうしても書けない。

電子辞書を引くと、〈「髭」は口ひげ、「鬚」はあごひげ、「髯」はほおひげ、総称として「髭」を使うことが多い〉とある。

今日のノルマは「ヒゲ」にしようと決める。何度も何度も書いてみるが、三十分たつとすぐ忘れてしまう。ボールペンで書くから忘れるのかもしれないと考えて、「ぺんてる」の筆ペンで白紙に大きく「髭」と書いてみた。じっと見ていると、「ヒゲ」とははたしてこんな字だったのだろうか、と不思議に思えてくるから不思議である。

あらためて辞書で調べると、〈昆虫の口器のあたりから伸びる触角などの突起物〉とあって、用例として〈コオロギの――〉という説明がついていた。ん？　コオロギだと？　コオロギの漢字はどう書くのだろう。何度もためしに書いてみるが正確には書けない。ほかの作家たちは皆すらすらと「コオロギ」を漢字で書けるのだろうか。それは作家だもの、書けるに決まっている、と自嘲気味に苦笑する。

自慢ではないが、私は「ミミズ」という漢字だけはスラスラ書くことができる。蚯蚓を「ムシオカ　ムシヒク」とおぼえているからだ。虫が足を引きずって丘を登っていくイメージである。そうだ、この手でいくしかない、と覚悟をきめた。

人によって書けない漢字が異なるのは、その人の人格や経歴と関係があるのかもしれない。無意識に忌避する字というのがあるような気もする。

さて、今朝おぼえた「髭」をどうおぼえようか。などと考えながら不用不急の日々をすごしている。

潜伏する人びとの世界

先ごろ、「長崎と天草地方の潜伏キリシタン関連遺産」が世界文化遺産に登録されることが確定した、というニュースが大きな話題になった。

それに関連するテレビ番組なども放送されていたから、ご覧になったかたも少なくないだろう。

そのニュースのなかで、「潜伏キリシタン」という耳馴れない言葉が使われていたことに、おや、と思われた向きも多かったようだ。

「潜伏キリシタンって、なんだか怖そう」

などと話をしている女子高生たちもいた。

私たちは一般にこれまで「隠れキリシタン」という表現でそれらの人びとのことを教えられてきたからである。

十六世紀にこの国に伝えられたキリスト教の信仰を守って、長い弾圧の風雪を耐えぬいた人びと、というのが、ごく一般的な理解だろう。

しかし学術的には、「潜伏キリシタン」と「隠れキリシタン」は、これまでも区別して使われることが多かったらしい。

　聞いたところでは、両者はこの国に土着した同じキリスト教信仰者であっても、ありようがちがうという。

　江戸時代から明治にかけて、キリシタン禁制の時代を一途に耐えぬいた人びとを「潜伏キリシタン」と呼ぶらしい。しかし、信仰の自由が公認された以後も、教会に復帰せずに古来の伝統を守り続けている人びとがいた。そちらの信仰者を「隠れキリシタン」と称するのだそうだ。

　キリスト教禁制の歴史は、苛烈な弾圧の歴史でもあった。一筋の信仰に殉じて凄惨な運命を甘受した人びとの存在は、私たちを感動させずにはおかない。幾多の物語や文芸作品がその中から生まれた。

　明治になって信教の自由が解禁されたのちも、さまざまな圧力は続いている。そんななかで、グローバルなキリスト教世界に復帰した人びとと、少数ではあるが隠れ信仰のなかではぐくまれた固有の儀礼と伝承を受け継ごうとした人びとは、外国にもいた。ロシア正教の伝統を守ろうとした古儀式派と呼ばれる信徒たちがそれである。

血吹き涙の三百年

　そういう人びとの信仰が、この国の伝統的な思想や習俗と溶け合い、独特の世界をつくりだしてきたことは、なんとなく想像できる。インドに発する仏教がいまの日本仏教に変貌し、独自の宗教としてこの国土に定着したようなものだろう。すべての文化は、時代と風土に馴化して根づくものだからである。

九州には「潜伏キリシタン」「隠れキリシタン」の歴史だけでなく、「隠れ念仏」「潜伏念仏」の歴史もある。

薩摩を中心として九州南部に分布した「隠れ念仏」のことは、これまでくり返し書いてきたのでここでは触れない。

多くの殉教者をだし、「血吹き涙の三百年」と歌にまでうたわれた「隠れ念仏」の歴史は、この国ではほとんど知られていないのが現状である。そこからはまたカヤカベ教などの習合宗教なども生まれた。表に神道をかかげ、独自の口誦経文を保持する人びとである。

ノブレス・オブリッジなどとは縁もゆかりもない農民、町人、下級武士たちが信仰を守って何百年も潜伏した事実は、日本人という民族に対しての信頼感を支えている。

以前、稲盛和夫さんからうかがった話だが、鹿児島出身の稲盛さんは、小学生になる前の幼い頃、深夜に提灯をつけて父親に手を引かれ、どこかの小屋のようなところに連れていかれた記憶が残っているとおっしゃっていた。「声を出したらいかんぞ。静かにしろ」と言われて、山小屋のようなところへいくと、老人がひとりいて、お参りのあとに「明日から朝と晩に、お仏壇にむかって、なまんだ、なまんだ、ありがとう、と言うのだぞ」と言われたという。何人かの子供がいたそうだ。すでにその頃は本願寺もあったのだが、今にして思えば、あれは「隠れ念仏」だったのだろうと思う、とおっしゃっていた。

真夜中の秘密行事

信教の自由が回復されても、表へ出ない信仰はある。東北の「隠し念仏」などもその一つかもしれない。九州は「隠れ」で、東北は「隠し」なのだ。

私は以前、人脈をたどって「隠し念仏」の「オトリアゲ」と「オモトヅケ」の行事に参加させてもらったことがあった。

　風の強い冬の深夜、生まれたばかりの赤ん坊を抱いた若い母親が、幼児洗礼のような儀式をし、その後に子供数人が訓戒を受けた。導師というか、指導者のような風格のある老人が、「小学校にあがったら、先生や親の言うことをよくきいて、友達と仲よくするのだぞ」というようなことを地元の言葉でおごそかに教え、あとは蓮如の「お文」の一節をとなえるだけの質朴な行事だった。

　しかし、真夜中のその行事は私の中に消えない記憶として残っている。

　九州にしても、東北にしても、信仰の自由が保障されたのちも、その土地に熟成された独自の信仰にこだわる人びとは少からず存在する。それを異端として排除するのはまちがいだろう。

宮沢賢治は『春と修羅』のなかで、「秘事念仏」という言葉をつかっているし、高村光太郎には「かくしねんぶつ」という詩がある。

柳田国男は、遠野には「一種邪宗らしき信仰あり」と書いた。「隠す」のも、大事なことではないかと私は思う。

消えていく春歌たち

春歌というものがある。

猥歌、またはY歌と呼ばれることもある。

要するにセックスを赤裸々にうたった歌だ。

私が子供の頃、父親の知人、友人が自宅に集って宴会をやることがしばしばあった。正月などは連夜、飲めやうたえやの無礼講の連続だった。

当時、父は師範学校の教師をしていたから、同業の先生がたの集りである。飲むと歌になる。一座が手拍子を打って、ドラ声張りあげての大合唱。

最初のうちは故郷《くに》の民謡とか、流行歌や、ご当地ソングなど無難なものが続く。やがて酔いが回ってくると、次第に行儀が悪くなってくる。

『黒田節』が『ストトン節』に変り、

〽ストトン　ストトンと通わせて　今更いやとは胴欲《どうよく》な　いやならいやと最初から　言えばストトンで通やせぬ

などと、うたっているあいだは、まだいい。やがて皿小鉢を箸で叩きながら、替え歌になる。

小学校の教師だった母親は、そのあたりから次第に不機嫌になるのが常だった。

「学校の先生がたが、あんな歌をうたうなんて」

と、眉をひそめて台所に引っこんでしまうのだ。ふだんはオルガンを弾きながら北原白秋や西條八十《やそ》の歌を口ずさむ彼女には、胴間声を張りあげて替え歌をがなりたてる同業者の酔態が耐えられなかったのだろう。

〽ストトン　ストトンと音がする　寝ていた坊やが目をさまし　父さんあの音　なんの
音　あれは地震の揺り始め　ストトン　ストトン

と、小学生だった私までもが、小声で口ずさんだりするのを、母親はひどく嫌ったものだった。

いまはあまりおぼえていないが、その他いろんな替え歌があった。いずれもセックスをからめたものばかりである。

軍隊でうたわれる露骨な春歌もいろいろあった。春歌と呼ぶにはふさわしくない歌で、慰安所での人種差別的な歌詞のものもあった。

キシキシキシ？

セックスをうたう歌は、昔から少くない。

『梁塵秘抄《りょうじんひしょう》』のなかにも官能的な歌がいくつもある。

〽恋ひ恋ひて　たまさかに逢ひて寝たる夜の夢はいかが見る　さしさしきしと抱くとこそ見れ

こうして文字で読むと、けっこう典雅な感じがするが、当時の色っぽい白拍子や遊女などがうたえば、ぞくぞくするほどセクシーにきこえたのではあるまいか。

私はずっと長いあいだ「さしさしきし」という部分を「きしきしきし」と間違って記憶していた。そのキシキシキシという語感が、えもいわれずエロチックに感じられたものだった。

いまの時代は、春歌、猥歌のたぐいはご時世に合わないというか、ほとんど耳にする機会がない。女性のいる前でそんな歌をがなりたてたりすると、セクハラにあたる危険性もある。

『ぼんぼ子守唄』

しかし、私たちが若い頃にうたっていた春歌のなかには、すこぶる魅力的な歌もあった。『ぼんぼ子守唄』などと勝手に呼んでいた数え歌もその一つである。たぶん九州の炭鉱地帯で生まれた歌ではないかと思うのだが、よくわからない。

〽一つ　昼間する炭鉱のぼんぼよ

二交替制で夜中じゅう働いた男たちは、昼間に寝る。そのことをうたっているのだろう。

〽二つ　船でする船頭のぼんぼよ
三つ　道でする◯◯のぼんぼよ
四つ　呼んでする芸者のぼんぼよ
五つ　いつもする夫婦《めおと》のぼんぼよ
六つ　無理にする◯◯のぼんぼよ
七つ　泣いてする別れのぼんぼよ
八つ　山でする木こりのぼんぼよ
九つ　今度する義理あるぼんぼよ

十がよくわからない。勝手に、

〽十で　とうとうセンズリかいて死んだよ

などとうたっていた連中もいたが、正しくはどうなんだろう。それぞれのフレーズの後に、参会者一同が、

〽ぼんぼよー　ぼんぼよー

と、お囃子のようにつけてうたうのがきまりである。
単純なメロディーだが、なんともいえぬ哀調がある。しかも湿っぽくない。勇壮で堂々とした格調がある。昔の赤軍合唱団にでもうたってもらいたいような歌である。

これも春歌のうちなら、春歌、猥歌というのも、歌謡の一つとして評価していいのではあるまいか。伏字にした部分は、時代の落差を感じさせる表現なので、声を飲んでうたうしかないだろう。

こんな歌も、やがて忘れ去られていくのだろうか。

今《いま》昔《むかし》　お金の思い出

物の値段というのが、よくわからない。

どうして年とともに同じものが段々、高くなっていくのか。

昔は物が安かった。しかし給料や賃金も安かったのだから、結局、同じことだったのかもしれない。

記憶に残っている昔のお金といえば、五十銭銀貨である。

一九四五年の春、私は中学校に進学した。その際、父親が、

「これからは中学生なんだから、自分の小遣いぐらい持っておかんとな」

といって、一枚の五十銭銀貨をくれた。大きくて、重くて、いかにも値打ちがありそうな貨幣だった。

思えば小学生の頃は、自分の小遣いなどというものを持ったことがなかったのだろう。必要なものがあれば親に買ってもらっていたし、そもそも戦時中は買い食いなどした記憶がないのである。同世代の友人が、下町の駄菓子屋に通った話などをするのをきくと、子供時代もさまざまなんだな、とうらやましく思ったりしたものだ。

その五十銭銀貨は、結局、つかわずじまいだった。お守りみたいに、大事に持っていただけである。

やがて敗戦になって、物々交換の時代がきた。お金より物が幅をきかせる闇市のルールを少し理解したのも、その頃である。

高校生の頃は、十円で菓子パンと牛乳が買えた。大学生になると、少し物価が上昇した。文学部の地下の生協の売店で、コッペパン一箇が十円、それにピーナッツバターかジャムを塗ると十五円になる。その五円が思案のしどころで、エイヤッ、と気合いを入れなくては踏み切れない。

「ジャムつきで」

といってしまった後は、全身の力が抜けたようになる。盛り蕎麦二十円、ざる蕎麦だと二十五円だっただろうか。

当時、アテネ文庫という文庫本があった。薄っぺらな本だが、中身はなかなかのものだった。これが一冊三十円。

大学の入学金が、私のときは、たしか五万円だったと思う。私立の大学でも、一九五〇年代初期は、そんなものだったのである。いまは一体、どれくらいになっているのか。

赤い血を抜いて

新宿に日活名画座という映画館があった。ビルのずっと上の階で、エレベーターはない。天井は低く、スクリーンも小さいが、いま往年の名画と称されるものは、ほとんどここでみた。『自転車泥棒』とか、『無防備都市』とか、『海の牙』とか、『天井桟敷の人々』とか、『夏の嵐』とか、数えだすときりがない。

この日活名画座の料金が、三十円だったと思う。

いつも煙草の煙がたちこめ、壁際の立見席は、男性が男性にアプローチする場としても有名だった。

当時は大学生が働くのは当り前だったから、いまでいう非正規労働者というか、日雇《ひやと》いみたいな仕事をなんでもやった。しかし、仕事にアブれるときもある。どうにもならなくなると、青砥《あおと》や立石のほうの会社に、血を売りにいく。

行列をつくって男たちが並んでいる。なかには意気がって、

「きょうはダブルで抜くからよお」

などと自慢しているのもいた。そんな半プロにかぎって、事前の血液検査で白衣のおねえさんに、

「あんた、比重が足りないよ。きょうはお帰り」

などといわれて泣きべそをかく。

二〇〇cc抜いて、たしか四百円だったと記憶している。一回やると一週間は食える。ク

セになるとあぶないと思って、絶対的ピンチのときだけ行くことにしていた。帰りしなに、牛乳を一本くれる。赤い血を抜いて、白い液体を入れる。なんとなくヘンな気持ちだった。

質流れの辞書

そういえば、この数年、株が上ったとかで資産家が喜んでいるらしい。ぜんぜん株なんかに縁のない庶民大衆まで浮き浮きした気分になっている、と嘆いている人もいたが、そういうのをトリクル・ダウン（富裕層が豊かになれば、貧困層にも自然に富がしたたり落ちて全体に富が行き渡る）の幻というのではあるまいか。

一九五二年のことだった。株式関係の業界紙の配達をしていたときの話だ。ある日、べらぼうに大きな活字が一面に躍っていた。

〈遂に一ドル相場実現！〉

とか、そんなふうな見出しだったと思う。

その新聞を手にしたみるからに貧乏くさいおっさんが、

「やったぁ！」

と、小躍りしていた様子を昨日のことのように思いだす。ふだんは嫌々やっていた配達を、その日だけはとんとんと終えたのだから現金なものだ。

そういえば、昔は質屋《しちゃ》さんによく通ったものだった。「ウシャコフの露露辞典」を持ちこんで、困った顔をされたこともある。

顔なじみになると、それでも預かってくれるのだからありがたい。ただし、利息は月一割。年利にすると百二十パーセントの利率になるが、当時は少しも高いと感じたことはなかった。

そのときロシア語の辞書で、いくらぐらい貸してもらえたのだろうか。どうも思い出せないが、結局、流れてしまった。質流れの辞書は、その後だれの手に渡ったのだろうと、ときどき思う。

私たちが相続するもの

最近、「相続」ということがしきりと話題になっている。

週刊誌や新聞などでも、相続問題についての記事をよく見かける。もちろん、土地や建物、預金や株などの話が主なテーマである。

しかし、親から受けつぐものについて考えると、その手の形あるものばかりを相続するわけではない。

先日、地方のテレビ局と仕事をしたとき、担当の若いディレクターと食事をした。まだ二十代の青年である。

「いただきまーす」

と、ひょいと手を合わせて、

「なんか社員食堂でも、ついやっちゃうんですよね。子供の頃からの癖なもんで」

と恥ずかしそうに言った。

聞けば商売をやっている家で育ったらしい。両親が食事の前に手を合わせるのを幼い頃から見ていて、そうするものだと思いこんで育ったのだそうだ。

「ぼくの家には妙な習慣がありましてね」

と、彼が言った。

「食事を頂くときには、右側の汁ものをふた口、それから左側のご飯をひと口、という順番で食べるんです」

相続といえば、こういうのも相続のうちではあるまいか。いわゆる行儀である。行儀というのはマナーのことだ。平安時代には臨終行儀といって、死んでいくときの作法がうるさく言われたらしい。

私たちはなにがしかのモノを親から相続する。ときには借金を相続することもある。私は両親から目に見えるモノは何ひとつ相続しなかったが、考えてみると実にさまざまなことを相続していることに気づくのだ。

私の父は、いわゆる「亜インテリ」に属する男で、戦時中は皇道哲学者を気取っていた人物だった。「亜」というのは疑似ということだろう。漢詩に興味があって自分でも作っていたが、一方では広沢虎造や寿々木《すずき》米若《よねわか》の浪曲のファンでもあった。

おかげで私も乃木希典《まれすけ》や広瀬淡窓《たんそう》の詩をおぼえている一方で、『佐渡情話』をかなり正確に真似することができる。『白頭山節』や『博多夜船』や『おてもやん』なども父親から相続したものだ。

目に見えない実感

剣道をやっていた父は、姿勢のことをやかましく言った。私が最近、足が不自由であるにもかかわらず、背筋をのばして歩く習慣は、父親から相続したものの一つだ。そのほかにも腕時計のネジの巻き方など、小さなことで父から教わったことがいくつもあった。

考えてみると、歴史とは記憶の相続であるとも言えるのではあるまいか。

私はときどき、自分が育った昭和の時代についての記述を読んで、なんとなく首をひねるときがある。その当時の実感とどこかちがう印象を受けるのだ。

戦争についての解説にしても、戦後の描写にしても、自分の記憶がまちがっていたのだろうか、とけげんに思うことが多い。たぶん歴史となれば、物事を俯瞰的に眺めることが重要だからかもしれない。

出来事の連続として歴史は作られる。しかし目に見えない実感が正しく相続されているかどうかはわからない。

口をとざして語ることをしない当事者がいる。本当にひどい体験をした人たちは、たぶんそれを語りたがらないのだろうと思う。

そういう記憶は、はたして相続することが可能なのだろうか。おそらく無理な気がする。

上澄みの部分で作られた歴史は、それはそれとしてあったほうがよい。正史とはそうい

うものだ。

隠れキリシタンや潜伏キリシタンについては語られるが、九州南部の隠れ念仏や、東北の隠し念仏に関しては大半の人が知らないままである。

相続の話が妙なところにそれたが、要するにモノだけを相続するわけではない、と言いたいのだ。

民族の宝物

明治以来の記憶のなかでも、相続を放棄されたものが無数にある。いや、明治までさかのぼらずとも、戦後七十余年の歴史においてすらそうだ。

歴史は選択的に相続されたものの集積である。こぼれ落ちた記憶は、歳月とともにやがて消え去り、なかったことになってしまう。

以前、遠野を訪れたとき、とんでもないエロばなしを土地の古老から聞かされたことがあった。冬のあいだ人びとが集って、哄笑の渦のなかで披露しあった話だという。健康な活力とユーモラスな味のある昔ばなしだった。

柳田国男の『遠野物語』に相続された記録は、民族の宝物である。それと同時に、その世界だけが人びとの記憶ではないだろう。佐々木喜善《きぜん》が柳田に語った物語には、たぶんその手のものも含まれていたのではあるまいか。

やがて新しい元号が定まれば、昭和ははるかかなたの時代となる。そこで整理され物語られる昭和は、おそらく私たちが生きた実感とはかなり違ったものになるのかもしれない。明治を生きた人びとも、同じような感慨をおぼえたのではあるまいか。私は昭和人の一人として、自分の記憶に固執しようと思う。

昭和を相続する、そんなひそかな決意を抱いて、去りゆく時代の中に生きている。

私が父親から相続したもの

ふたたび相続について書く。

私が父親から相続したものは、ほとんど無形のものばかりだった。預金もなければ株券もない。土地どころか家もない。借金を引き継がずにすんだのが最大の幸運だった。

しかし、よく考えてみると、今更のように両親から相続したものの多さに驚く。生活習慣とか、物の考え方とか、じつにさまざまなものをバトンタッチされているのだ。

たとえば正座。

私たちは今やすっかり椅子の生活に慣れてしまっている。畳の上に正座することなどほとんどない。しかし、私は最近、しきりに正座をするようになった。フローリングの上で坐り、ベッドの上で坐る。ときにはバスタブの中で湯を出しっぱなしにして坐る。浮力が加わるので、浴槽の中の正座は楽だ。

正座の効用とは何か。

私の場合、仕事のあいだは常に机に向かって椅子に坐っている。ときには五時間、いや八時間、十時間と坐りっぱなしのことも少くない。坐業の習慣は、必ず腰にくる。私は若い頃から腰痛持ちだった。

ギックリ腰がでて、身動きできないこともしばしばあった。

しかし、それでもなんとか仕事を続けてこられたのは、なんとなく正座を試みる習慣があったせいではあるまいか。

両膝をそろえ、背筋をのばして正座する。肩をおとして両手を膝の上におき、臍下《せいか》丹田《たんでん》に重心をすえて呼吸をととのえる。

それだけだ。不思議なことに脚部に痛みがあるにもかかわらず、正座だけはちゃんとできるのである。

しばらくそのまま坐って、立ちあがる。すると、さっきまでの腰痛が少し楽になっているのを感じる。

一日に四、五回、それをくり返していると、なんとなく腰痛が軽くなってくるのだ。正座は、私の場合、最良の腰痛の治療法といっていい。

昔、寺子屋では子供たちは皆、そんなふうに正座して教えを受けていたのだろう。たぶん今の日本人よりも腰痛持ちは少かったのではあるまいか。

岡田式静坐呼吸法

私が正座に慣れているのは、子供の頃、父親から剣道を仕込まれたせいだった。父親は師範学校の学生時代から剣道の選手として鳴らしていたらしい。私は小学校にあがる前から、毎朝、竹刀をもって家の庭で切り返しをやらされたものだった。竹刀を振りつつ相手の竹刀と打ち合わせ、前進し、後退する。真冬の季節などでも淋漓《りんり》と汗が吹きでてくる。竹刀の稽古が終ると、正座して呼吸をととのえる。岡田式とかいう呼吸法に凝っていた父親は、正座にもうるさかった。

姿勢を正して詩吟をうたう。漢詩に節をつけて吟じる古風な歌唱である。

当時は国民だれでも知っていた乃木希典作、

〽山川草木　ウタタ荒涼
十里風ナマグサシ　新戦場

の一行目の終りで息を継ぐと、ピシャリとやられる。二行目の「十里」のところまで一息でいかなければならない。

おかげで小学生の頃から、私は吐く息の長さに関してはいささかの自信があった。

後年、北陸のお座敷で、〽忘れしゃんすな山中道《やまなかみち》を　東ゃ松山　西ゃ薬師——と『山中節』を教わったときに、〽東ゃ松山、のところまでを一息でうたって叱られたこともある。『山中節』というのは、牛のヨダレのように滅法まのびした唄なのである。

考えてみると、正座も呼吸法も共に父親から相続したものだ。漢詩の素養のない私が、それでも十や二十の詩を暗誦できるのは、歌として耳からおぼえたものだからだろう。

亜インテリの誇り

以前、テレビの番組に出演することになって、事前の打ち合わせの席で、

「なにか特技のようなものはありませんか」

と、きかれた。本番のときにぜひ実演してくれないか、という強引な申出である。

「縄《なわ》をなうことができますけど」

「ナワ？」

とその場のスタッフ全員がけげんな顔をして首をかしげた。

「その、つまり、藁《わら》をなって縄をつくるのが得意なんですが」

父親は山村の農家の子弟だった。うまく師範学校にもぐりこんで官費で学ぶ機会をえたのだが、そうでなければ農家の二、三男として一生を送っただろう。縄をなったり、草鞋《わらじ》をあんだりするのは少年の頃から得意だったらしい。要するに農村出身の亜インテリだっ

たのだ。

その時代を思いだすせいか、父は私に器用に縄をあんで見せてくれた。小学生の私も見よう見まねで、藁から縄をなえるようになっていたのである。私は今でも結構、上手に縄をなうことができる。

「ちょっと絵になりにくいですね」

と、番組のプロデューサーは言った。

「また、こんどの機会にぜひお願いします」

こうして振り返ってみると、私は父親からじつにさまざまなものを相続しているらしい。

若い頃は、その相続しているものに反撥したこともあった。しきりに言われていた「絆《きずな》」とは、私たちの世代にとっては切り放すべき重い鎖のように感じられていたのである。しかし、あえて絆を求めることはない。切っても切っても切れないのが、絆というものなのだから。

私が母から相続したもの

流行は泡のごとくに生まれ、泡のごとくに消えていく。

つい先日まで誤嚥《ごえん》が話題だった。それもアッというまに流れ去って、次に相続問題がブームの観を呈した。今もそれは続いている。

最近の人たちはうらやましい。親の世代が営々と三十年以上もローンを払って手に入れたマイホームを相続する娘や息子たちが、わんさかいるのである。

戦後の初期に親を見送った旧世代の多くは、ほとんど相続など関係なかった。親の借金を背おわなかっただけでも、ラッキーという感じだったのである。もちろん例外はあろうが、一般大衆はそうだった。

しかし、最近になって実は、私たちも結構いろんなものを相続してたんだなあ、と感じることがある。それは株とか、不動産とか、預金とかいった形あるものではない。もちろん相続税などがかかるようなものでもない。

そのことについて、ちょっと書いたら意外な反響があった。「見えない相続」というテーマで執筆の依頼も何件かあった。心のどこかで似たようなことを感じていらっしゃる向きが、少くなかったのだろう。

私が父親から相続したものについては、あちこちで喋ったり、書いたりした。しかし〈見えない相続〉について考えてみると、じつは母親から受けついだものも少からずあることに気づく。

いや、本当のところは、父親よりも母親から相続したもののほうが多いのかもしれない。私の母は、筑後地方の山村の出身で、福岡の女子師範学校を出て小学校の教師になった。同じく師範学校に学んで小学校に勤めた父親と勤務先で知り合い、結婚したらしい。らしい、というのは私がその辺の事情を知る前に二人とも世を去ったからである。

いまにして思えば、両親の若い頃の話をいろいろ聞いておけばよかった、と悔やむばかりだ。

父親が武道家で、国学派であったのに対して、母のほうはなんとなく文学少女ふうな感じだった。本棚には林芙美子だの、モーパッサンだの、パール・バックだの、森田たまだのの本が何冊もあった。

弱々しい歌の魅力

父親は詩吟と浪曲を好み、母はオルガンを弾きながら北原白秋や西條八十の抒情歌をうたっていた。この国が大きな戦争に突入する時代である。「時局にふさわしからぬ」歌をうたうのは、いささか抵抗もあったことだろう。

　母が独りでオルガンを弾きながらうたうその手の歌を、私はなんとなく弱々しい歌だと感じていた。『暁に祈る』だの『加藤隼戦闘隊』だの『空の神兵』だのといった当時のヒット曲のほうが元気がでるのだ。

　しかし、どういうわけか母親の口ずさむ抒情歌や童謡が、ウイルスのように心にしみこんで離れない。それらの歌は、敗戦後もずっと私の中に残って消えなかった。

　ことに野口雨情の書いた童謡は、いまでも歌詞をはっきりおぼえている。『雨降りお月』（これは「お月さん」ではない。いろいろいきさつがあって、『雨降りお月』である）『黄《こ》金虫《がねむし》』『赤い靴』、そして『あの町この町』（これは怖い歌だった）『七つの子』など、数えあげればきりがない。

　当時、戦意高揚歌を熱唱しながら、ふっと心に訪れてくるのは、それら「時局にふさわしからぬ」歌の数々だった。

　子供の歌にも、時局は色濃く反映していた。

〽肩を並べて兄さんと
今日も学校へ行けるのは
兵隊さんのおかげです

お国のために
お国のために戦った
兵隊さんのおかげです

だとか、

〽ぼくは軍人大好きよ
いまに大きくなったなら
勲章つけて　剣さげて
お馬にのって　ハイドウドウ

などといった子供の歌もあったが、うたいながらもいまひとつ琴線に触れるものがなかった。

ミュージック・ボックス

戦後、上京して貧しい学生生活を送った時代、一杯三十円のトリスに酔って仲間たちと高唱したのは『黄金虫』の替え歌だった。『アヴァンティ・ポポロ』とか『インターナシ

ョナル』などもうたったが、最後はやはり『黄金虫』だった。勝手に言葉を当てて、

〽黄金虫は　虫だ
　なぜ虫だ
　やっぱり虫だ

と、ナンセンスな替え歌を夜明けまで合唱したものだ。

今度、これまで六十年間に書いた雑多な歌を集めて、ミュージック・ボックスを作った。そのなかにはCMソングや、童謡などもはいっている。ちなみに美智子上皇后が妃殿下でいらした頃に、『ねむの木の子守唄』という童謡のレコードを出されたことがあった。当時のレコードには、表と裏に曲がはいっている。A面、B面というやつだ。その日本クラウンから出たレコードの裏面《カップリング》の曲は、当時、のぶ ひろし、といった私の『雪がとけたら』というつたない童謡だった。

母から相続したものの重さを痛感する今日このごろである。

古いズボンをはくたびに

このところ寒暖の差のはげしい日が続いている。真冬がぶり返したような寒い日があるかと思えば、上衣なしで外を歩けそうな春めいた日もある。

困るのは、冬物の服を片付けられないことだ。オーバーコートにしても、ジャケット類にしても、冬服はかさばるし、重い。

テレビに出ているキャスターや、コメンテイターのかたがたは、ほとんど春の衣裳だ。なかには夏の服とおぼしき上衣をはおっていらっしゃるかたもいる。季節感や流行を先どりする仕事だから、それも当然だろう。

それにしても最近の若い人たちの上衣の丈の短いこと。なかにはシャツと見まがうショート・ジャケットの司会者もいらっしゃる。

私の体験では、洋服の流行はほぼ二十五年ぐらいで変る。これまではそうだった。モモヒキのようなマンボ・ズボンから、松の廊下のような幅広のパンタロンに変り、またピチピチの細いズボンに変った。

着丈もそうである。一九五〇年代、ミュージシャンが時代の華だった頃、スター・プレイヤーたちはみんな膝まであるようなダブダブの上衣を着、手首が隠れるような長い袖の服を着ていた。肩幅はあくまで広く、襟のゴージの位置もおそろしく低かった。

パンタロンの時代には、男もロンドン・ブーツとかいう踵の高い靴をはいたものである。一九六八年にパリのフランソワ・ヴィヨンの店で買った靴は、とびきり踵が高く、さすがにはく勇気のないままどこかに消えてしまった。その靴についていたジッパーが日本のＹＫＫの製品だったことは、鮮明におぼえている。

その年の夏は、パリで学生や労働者の大デモがあり、催涙弾や火焔瓶が乱れ飛んだ。普通の警官隊ではなく、植民地から派遣されたパラシューチストとかいう特殊部隊がデモ隊の鎮圧に当っていた。

先年、パリの雑誌社をおそったテロに対して、パリで抗議の大デモがあったらしい。テレビのニュースを見ていると、市民とともに各国のリーダーたちが先頭に立って行進していた。こんどは警官隊に守られてのデモだった。

時代もこれほど変るのだ。洋服の形が変るのも当然だろう。

トックリセーター

時代とともに、服も変る。世の中も変る。仕事も変る。とはいえ、それに適合してフレキシブルに生きることは、疲れることでもある。

ある時期から、私は自分のライフ・スタイルを世の中に合わせることをやめた。やめたというより、諦めたといったほうがいいだろう。

ここ数年、毎年冬になると、黒いトックリのセーターを着る。ふだんはその上にツイードの上衣をはおる。特別な場合は別として、ふだんはそれで通すことにした。メーカーも、サイズも同じ黒いセーターを毎年、秋口に買っていたら、二十枚ちかくになっていた。素材はカシミアより、ウールのほうがいい。上衣はツイード一辺倒である。クリーニングには出さないが、ブラッシングはちゃんとやる。

洋服は手入れをきちんとすれば、呆れるほど長もちするものだ。ただ、年をとると身長が何センチか縮むので、ズボンは少しつめてもらったものをはいている。

直しの店に持っていくと、時おり年配の職人さんが、

「いい仕事してますねえ。今じゃ、こういう仕立てはできませんよ。いつ頃、おつくりになりました？」

「ポケットの裏に日付けを書きこんでるはずだけど」

「おや、78と書いてありますね」

「一九七八年に作ったんです」

「そんなに長く使われちゃ、こっちはたまりません」

などと、からかわれたりする。

仕立て屋のSさん

四十代のころから、Sさんという仕立て屋さんにズボンをあつらえていた。スーツや上衣は出来合いのものを買い、ズボンだけをお願いしていた。

毎年、夏物と冬物を一、二本ずつ仕立ててもらう。おそろしく頑固な職人さんで、ベルト通しの幅を五ミリ広げてほしいと頼んでも、なかなか引受けてはくれなかった。

十年ほど前に、Sさんが申訳なさそうに私に告げた。

「手がついていきませんので、この辺で身を引くことにいたします」

その後、Sさんとはお会いしていない。日付けを入れたズボンが、どれくらいあるだろう。数えたことはないが、たぶん五十本以上はあるはずだ。

先日、ためしに裾幅を測ってみた。多少のちがいはあるが、ほとんど二十二センチほどである。すべて二本のタックがとってある。

どのズボンも、一週間はいても全く折目が消えないのは、どういうわけだろう。正座したり、雨の中を歩いたりと、ひどく乱暴にあつかっているのだが、プレスの跡が少しも崩れないのである。

私が思うに、そのズボンには、Sさんという市井の職人さんの人格が表れているのではあるまいか。そういう人と縁があって幸せだった、と、あらためて感じる。

貴重な国宝や美術品だけに人格が反映するのではない。靴一足にも、シャツ一枚にも、それを作った人の人格がこもる時代があった。

そんな時代は過ぎてしまったのだろうか。

靴にも鞄《かばん》にも歴史あり

古い荷物が山積みになっている部屋の整理にとりかかった。何十年も放置しておいたために、さながら完全なゴミ屋敷である。交通事故にでもあって、このまま世を去ったなら恥ずかしい。思いきって、十年使わなかったものは捨てることにした。

ところが、十年も二十年も使わなかった品物で、いまでも使える品物がいくらでもある。

まずは、靴。

そして鞄。

皮革というのは、じつに丈夫なものだ。埃をかぶって廃物同然にみえる靴や鞄が、ちょっと手入れをすると新品同様の輝きをとりもどす。とても捨てるどころではない。五十年以上も昔に買った靴が、全然いたんだ様子がない。

青いスウェードの靴がある。まだ一回もはいていない新品だ。これを買ったのは、プレスリーやミッキー・カーチスがカバーした『ブルー・スエード・シューズ』と関係がある。

〽なにをしたっていいけどよ

オレのブルー・スエード・シューズだけは踏むなよなみたいな歌詞にしびれたせいである。私も昔は若かった。しかし、鮮やかなブルーの靴をはく勇気がなくて、そのまましまい込んでおいたのだ。六〇年代前半のチャーチの製品だが、その頃のチャーチやバーバリーというのは、今とちがって後光《ごこう》がさしていた。当時のバーバリーのコートなど、いつ見てもほれぼれする風格がある。

七〇年代にはいると、もっぱらシルバノ・ラッタンツィの靴ばかり買った。塩野七生さんと、イタリアで彼の店を訪れたこともある。

私の靴に対する偏愛の感情は、敗戦後の引揚げの事情と関係があるらしい。

一九四五年の夏、私たち外地に居住していた日本人は、さまざまな体験をした。公式の引揚げが順調に行われた地区もあり、凄惨な逃避行で言語に絶する悲劇に見舞われた人びともいる。

最重要な伴侶

後で知ったことだが、当時の日本政府の意向は、きびしい状況にある本土に、あまり多くの在外邦人が一斉に帰還するのは困る、といった感じだったようだ。在外邦人に関しては、できるだけ現地民と有和し、当分そちらで暮すことを望むという方針だったらしい。

旧植民地において、かつての支配者の一族がどのような扱いを受けるか、想像すらできなかったのだろうか。

まあ、いろいろあって、私たち北朝鮮に放置された日本人は、徒歩やその他の手段で非合法の脱北を企てた。三十八度線に近い川を徒歩で越えて、南側の米軍管理地区をめざしたのである。

途中で当然のことながら脱落者がでる。徒歩の逃避行では、どんな靴をはいているかが運命を左右することが多かった。靴は単なるフットギアではなく、生命を支える最重要な伴侶だったのだ。

鞄も山積みになっている。靴も鞄も、そして車も、みんな移動に必要なものばかりだ。いまでも月に何度かは地方に出かけるので、鞄は必需品だ。最近は車輪のついたカートがほとんどだが、体力が許せばボストンバッグにしたいところである。

積み重なっているバッグを眺めて、ため息をついている内に、いいアイディアがひらめいた。大きなバッグに、中くらいのバッグを押し込み、その中にこぶりのバッグを収納する。ロシア土産のマトリョーシカふうに入れ子にするというのはいい案かもしれない。

早速、とりかかったが、どうもうまくおさまらない。バッグにも個性があるのだ。そうすんなりと他のバッグに身をまかせるのは気がすすまないのだろうか。

仕方なく、足で踏みつけて平らにする。それを重ねてベルトで締めると、かなり整理がついてきた。本当は、捨てる、というのが大事なのだ。それができないままに収納しようという未練が中途半端なのである。

しかし、靴も鞄も、自分とともに何十年も歩んできた仲間ではないか。その一つ一つに思い出があり、時代の匂いがするのである。

高齢者の特権

私は高齢者のひそかな楽しみは、ノスタルジーにひたることだと考えている。それは老いた人間の特権のはずである。

そしてノスタルジーにひたるためには、きっかけが必要だ。トリガーというか、引き金になるものが大事なのである。

ただ漠然と回想の扉を押しあけることはむずかしい。その時のよりしろになるのが、モノなのだ。老人が身の回りに古い物を置きたがるのも、そのせいかもしれない。

昔の車をコレクションしておくのは無理だから、せめて靴と鞄ぐらいは身近に残しておきたいと思う。

私が九州の田舎から上京したのは、昭和二十七年の春だった。一九五二年といえば、朝鮮半島で戦争が続き、一方で特需景気がまきおこっている時代である。私がその頃はいていたのは、戦争中に兵隊が使っていた軍靴だった。大きすぎてブカブカの革靴だったが、とにかく頑丈で、雨にも強い。その靴をはくと、日本国中どこへでも行けそうな気がしたものである。

鞄は持っていなかった。布製の雑嚢《ざつのう》を肩からさげて歩いていた。靴にも鞄にも歴史がある。あらためてそう思う。

初出　「週刊新潮」連載中の「生き抜くヒント！」より抜粋し、加筆再構成した。
「識字率と識詩率」のみは「yom yom vol.14」に発表された。

JASRAC 出 2101942-101

装画・挿画・題字　柳　智之
装幀　　　　　　新潮社装幀室

こころの散《さん》歩《ぽ》

発　行　二〇二一年三月二五日

著　者　五《いつ》木《き》寛《ひろ》之《ゆき》

発行者　佐藤隆信
発行所　株式会社新潮社
〒一六二—八七一一
東京都新宿区矢来町七一番地
電話　編集部〇三（三二六六）五四一一
　　　読者係〇三（三二六六）五一一一
https://www.shinchosha.co.jp

印刷所　大日本印刷株式会社
製本所　加藤製本株式会社

ISBN978-4-10-301726-4 C0095